「触らないでください！」

「俺のものを俺が触って、なにが悪い？」

　逃げ出そうとした雅人の上に、志堂が覆い被さってきた。体重をかけられると、重くて身動きが取れない。

イラスト／櫻井しゅしゅしゅ

龍と仔猫

高尾理一

プロローグ

「お前次第だな。服を脱いで裸になれ。お前にどれだけの価値があるか、確かめてやる」

嫌悪感で身体を強張らせている雅人《まさと》に、志堂《しどう》は言った。

まるで子どもに言い聞かせるようにゆっくりと。

おかげで訊き返さずとも、言われたことの意味がはっきりとわかった。

たった一人の肉親である姉を救うために、指定暴力団、兵頭組系黒志会《こくしかい》の会長を務める志堂嵩瑛《たかあき》の愛人になることを了承したのは雅人自身である。同性を性の対象とする突飛な条件に驚いたものの、雅人は頷くしかなかった。

心の底から軽蔑しているヤクザと関わりなど持ちたくないし、長くつき合いたくもない。いつまで愛人でいればいいのかと期間を訊いたら、先ほどの答えが——命令が返ってきた。

それを拒否する権利はないとわかってはいたけれど、雅人の身体はカチコチに固まって動かなかった。

唇を噛み締め、厳しい表情で志堂を睨んでしまう。

そんな雅人の視線の先で、志堂はニヤリといやらしい顔で笑った。

精悍で男らしい顔立ちの志堂だが、そんなふうに笑うと、男の雅人でも背筋がぞっとするほどの色気を感じる。

「どうした。姉さんがこしらえた借金、代わりにお前が身体で返してくれるんだろう？　いつまでって訊かれても、そりゃ、お前の身体次第だろうよ。商品を見てからでないと話にならん」

そう言うと、志堂はほとんど優雅といってもいいほどの身のこなしでソファから腰を上げ、無言で固まっている雅人のそばに寄ってきた。

まるで、足音をたてないライオンのようなしなやかさだ。

「なんでもするって言ったのは、嘘か？　それとも、恥ずかしいのか？」

志堂は雅人の顎に指をあてがい、くいっと上げさせた。

自分を見下ろす馬鹿にしたような視線に雅人はカッとなり、

「恥ずかしくなんかない！」

と叫んで、その手を振り払った。

雅人は立ち上がり、ソファの後ろの少し広い場所でジャケットとTシャツを脱いだ。

高校生のときにボクシング部に入って鍛えていた身体は、雅人が当初期待したほど筋肉をつけてくれなかったが、見られて恥ずかしいほど貧弱ではない。

「白いな。それに細い。ちゃんと食ってんのか？」

雅人を追いかけて正面に立った志堂は、嬉しそうな顔でそう言い、先を促すように下半身に向かって顎をしゃくってみせた。

――あんたに比べりゃ、誰だって細いだろうよ。

そう言いたいのを堪えて、雅人はジーンズのボタンを外した。くるぶしまで下ろすと、靴が邪魔で足を抜くことができない。

仕方なく靴と靴下も脱ぎ、ジャケットとTシャツの上にジーンズも無造作に積み重ねた。

クラブ活動をしていれば、仲間の前で下着一枚になって着替える場面も多く、それを恥ずかしいとか隠したいと思ったことはない。

しかし、舌なめずりをして待っている志堂の前に立つのは、なんとも言えない羞恥心を雅人にもたらした。志堂は雅人の身体を、セックスの対象として品定めしているのだ。

雅人は思わず、右手で左の二の腕を掴んだ。肌が粟立っているのは、急に裸になった寒さのせいではなく、無防備な姿をさらしている自分が怖いからかもしれない。

少し震えながら下着姿で立っている雅人に、志堂は容赦なく言った。

「どうした。まだ一枚残ってるぜ？　そいつを俺に脱がせてほしいのか？」

「……！」

雅人は真っ赤になりながら、のろのろと下着に手をかけた。

脱いだ服の山のてっぺんにグレーのボクサーブリーフを置く。これで身体を隠すものはなにもなくなってしまった。両手で股間を覆いたくなるのを、雅人は必死で堪えた。

「よし、いい子だ。そのまま一回転してみろ」

志堂の命令に雅人は耳を疑い、思わず訊いた。

「本気で?」

「もちろんだ。冗談だと思ったのか?」

さも意外そうに訊き返されて、雅人はぐっと両手の拳を握り締めたが、言われたとおりに一回転した。人形がギシギシと音をたてて動いているみたいなぎこちなさで。

「おいおい、もっと色っぽくまわれないのか。お前の身体のアピールタイムだぜ。ほら、もう一回まわれ」

——馬鹿みたいだ……。

そう思いながら、雅人はさらに一回転して正面を向いた。まわる自分が馬鹿なのか、まわらせる志堂が馬鹿なのか、おそらくその両方だ。

全裸の雅人を、志堂は前から横からとっくりと眺めている。その間、雅人は黙って顔を背けていた。

志堂の顔など、見れたものではなかった。

裸にした男をクルクルまわらせて、志堂はなにが楽しいのだろうか。雅人と志堂は同じ男で、わざわざ見なくとも、その身体の構造に違いがあるわけではない。

このときの雅人にはまだ、男の愛人になるということの意味がよくわかっていなかったのだ。自分の身体を売るということが。

やがて気がすんだのか、志堂は満足げに言った。

「春に高校を卒業したばかりの十八歳か。まだまだガキの身体だが、悪くないな。細いわりに筋肉もついてる。スポーツでもやってたのか?」

「……ボクシング」

雅人がぼそっと呟くと、志堂の大きな手のひらで尻をぴしゃっと叩かれた。痛くはなかったが、驚いて腰が前に出てしまう。

無防備に揺れる己の剥きだしの性器が視界に入り、雅人は慌てて腰を引いた。

「ボクシングです、だろ。それに訊かれたことには、はっきり答えろ。聞こえねぇような小声でぼそぼそ呟かれたら、お前だって気分が悪いだろうが」

「……はい」

全裸の身体をじろじろと検分されている状況でなければ、もう少し腹に力をこめて返事ができたのだが、そんな言い訳が通用するとは思えない。

志堂の靴の先を睨みつけているしかない雅人の顎を、志堂は再び掴んで顔を上げさせた。

「話をするときは人の顔を見ないとな。いいか雅人、お前は今から俺のものだ。毎日俺を喜ばせることだけを考えろ。それがお前の仕事だ」

「それは、いつまでですか？」

怒られるかもしれないと思いつつも、はいと返事をする前に雅人は訊かずにはいられなかった。言われたとおり裸になって自分という商品を見せたのだから、今度こそ答えてもらえるだろう。借金の額から考えれば、一ヶ月や二ヶ月ですまないことはわかっている。二年かかろうと三年かかろうと、終わりがあるなら耐えられる。頑張ることができる。

絶望のなかにも希望を見出そうとする雅人に、志堂は微笑んだ。

「俺が飽きるまでだ。抱き心地によっても変わってくるだろうが、早く解放されたいなら俺を満足させてみろ。満足して飽きたら、捨ててやるよ」

「そんな……」

「それがお前の選んだ道だ。覚悟を決めろと言ったはずだぜ？」

屈辱と絶望感に雅人は唇を噛み締めたが、志堂が言うように、もう後戻りはできなかった。

1

夜の一時、姉の由佳子《ゆかこ》が働いている高級クラブ「シェリー」に、雅人は裏口から入った。

更衣室の横に休憩所のようなスペースがあり、そこのソファに座って由佳子の仕事が終わるのを待つのが、ここ一週間ほどの雅人の日課になっていた。

客が入って賑わっているときは、休憩所にいても店内の騒々しさは伝わってくるのだが、今日は平日のせいか、ホステスたちの笑い声がときたま響いてくるくらいだった。このぶんだと、そう待たされずにすみそうだ。

雅人が手持ち無沙汰に携帯電話を弄っていると、着物姿のしっとりした女性が厨房を通って休憩所にやってきた。「シェリー」のママのれい子で、年齢は三十六だと聞いている。

「毎晩ご苦労さまね、雅人くん」

「いいえ、とんでもないです。なかで待たせてもらえて、助かります」

雅人はソファから腰を上げ、れい子にお辞儀をした。

由佳子の迎えを始めたとき、六月とはいえ、夜中に外で立って待っているのは寒いしつらいだろうから、なかで待っていればいいと言ってくれたのはれい子だった。

終業時間を定めてあっても、客商売は毎日きっちり時間どおりに終われるわけもなく、酔った客が帰ってくれずに二時間近く待たされた日もあったので、れい子の申し出は雅人にはとてもありがたかった。

「お腹空いてるんでしょ？　よかったらこれ、食べてちょうだい」

そう言いながら、れい子が差しだしてくれたのは、うまそうなローストビーフと野菜がたっぷり挟んであるサンドイッチだった。れい子の手作りらしく、丁寧にラップで包んである。

「すごい！　豪華でおいしそう。いつもすみません」

雅人は歓声をあげて、サンドイッチを受け取った。れい子のような女性は、素直にもらったほうが喜んでくれる。

「気にしないで、私が勝手にやってるんだから。雅人くんみたいに若くて綺麗な子には、ついついかまいたくなっちゃうの。お姉さんは坊やを甘えさせたいものなのよ」

「ありがたいです。じゃ遠慮なくいただきます」

雅人が微笑んでサンドイッチにかぶりつくと、れい子も嬉しそうに笑った。

コンビニエンスストアとレンタルショップのアルバイトをかけ持ちし、平均して朝六時から夜十時まで働いている雅人には、栄養のある食事を作ってゆっくりと食べている時間はない。

そんな雅人の生活をれい子はよく知っていて、わざとツバメのように扱うことで、雅人に気を使わせまいとしてくれているのだ。

由佳子が「シェリー」で働き始めたのは四年ほど前からだが、れい子がこういう性格だから、由佳子も長つづきしているのだろうと雅人は思っている。

雅人がれい子と初めて口をきいたのは去年の十月、雅人と由佳子の母、芳丘敦子《よしおかあつこ》の葬儀のときだった。

参列してくれたれい子は、泣いてばかりで頼りにならない由佳子を励まし、まだ高校三年生だった雅人に対しても、困ったことがあれば自分に言いなさいと勇気づけてくれた。

それ以来、由佳子を通じて、れい子はなにかと雅人を気にかけてくれるようになった。

由佳子と雅人は異父姉弟であり、由佳子の父は由佳子が四歳のときに病死したと聞いている。敦子はその後に知り合った男との間に雅人を身ごもったものの、二人の関係は雅人が生まれる前に終わったらしい。

敦子が詳しい事情を話したがらなかったので、雅人は自分の父親については、「竹内《たけうち》という名のヤクザ」であるということ以外なにも知らなかった。孕ませた女を捨てるようなヤクザなど、恋しいとも探したいとも思わない。

ただ、生まれたときから父親のいない家庭で育ち、母という大黒柱を失った今、しっかりしているとは言いがたい姉を守ってやれるのは自分しかいないと、そう考えている。

「今日はお客さんが少なくてね、リサちゃんもすぐにあがれると思うわ。堀田《ほった》も姿を見せなかったし、連絡を取ってるふうでもなかったわよ」

雅人の隣に腰かけて、れい子は言った。

リサというのは由佳子の店での源氏名で、堀田信博は由佳子の恋人である。自分は働かずに由佳子の稼ぎで暮らしている最低のヒモだ。

しかも、関東最大の暴力団兵頭《ひょうどう》組の三次団体、松川《まつかわ》組の構成員だから、ただの穀潰しのろくでなしと片づけるわけにはいかない。

そんな厄介な男が由佳子の亭主面をして、雅人と由佳子が二人で暮らすマンションに転がりこんできたのは、敦子の葬儀が終わってすぐのことだった。

「このまま消えてくれたらいいんですけど」

口のなかのものを飲みこみ、雅人は怒りを隠さずに言った。

堀田は由佳子に小遣いをもらうばかりか、敦子が遺してくれた雅人が大学に行くための学資保険を、由佳子も知らない間に解約して使いこんでいたのだ。そのときは由佳子も激怒して別れると言ったのだが、堀田に泣いて謝られた途端に許してしまった。

しかし、印鑑と通帳を盗み、恋人の弟の保険を勝手に解約する男が、そう簡単に改心するはずがなかった。

「学資保険の次は、雅人くんの貯金にまで手をつけて。ほんと、最低な男よ。リサちゃんはなんであんな男を好きになったのかしら」

「俺が子どもで、頼りないからでしょうか。うちには年上で頼れる大人の男がいないから」

雅人は自嘲気味に呟いた。働きづめで家にいない母親の代わりに、幼い雅人の面倒を見てくれたのは八歳年上の姉だった。

雅人にとって由佳子は第二の母のようなもので、由佳子にすれば雅人はいつまで経っても小さな子どもでしかない。

「堀田のどこが大人で、どこが頼りになるの。女を食い物にして泣かせる最低のクズじゃない。雅人くんのほうがよっぽどしっかりしてるわよ。こう言っちゃなんだけど、リサちゃんの男を見る目がないのよ。弟にまで苦労と面倒を背負いこませるなんて、私には理解できないわ」

「……すみません」

堀田と別れられない由佳子にも問題があると、雅人にだってわかってはいたが、他人から由佳子を非難されれば、雅人は謝るしかなかった。この世で二人きりの姉弟だからだ。

「あらやだ。雅人くんを責めたんじゃないのよ、謝らないで」

れい子は慌てたように腰を上げ、雅人に背を向けたまま つづけた。

「だけど、このままじゃリサちゃんは駄目になるわ。手遅れになる前に、あの男とは手を切ってちゃんと働かなくちゃ」

「あの、手遅れって？」

れい子の言い方に不自然なものを感じて、雅人は思わず訊いた。

「……え？　ああ、いいえ。女の若いときはあっという間に過ぎてしまうから、つまんない男に引っかかってる暇はないってこと。喉が渇いたでしょ。コーヒー持ってきてあげる」

れい子は結局、雅人の顔を見ないままそう言って、厨房のほうへ早足で歩いていった。

その後ろ姿に漠然とした不安を覚えたものの、十八歳の雅人の前に用意された問題は山積みで、すでになにから片づけていけばいいのか、なにを心配すればいいのかさえわからなかった。

息子を大学に行かせてやりたいと、母が苦しい家計をやりくりして積み立ててくれていた学資保険を勝手に解約されたことがわかったとき、雅人は気が遠くなるほどの虚脱感と怒りに襲われ、堀田の首を絞めるか、刺し殺してやりたいと思った。

ところが、由佳子は違ったようだった。初めは同じように怒っていたものの、堀田に泣きつかれるとすぐに許し、雅人に対しても「信博を許してあげて、私が悪いの。雅人が大学に行くお金は私が出してあげるからお願い」と涙ながらに謝って堀田を庇った。

由佳子に免じて、雅人は堀田を許してやった。いや、今でも許してはいないけれど、殴らないことにした。

高校入学と同時にボクシング部に入っていた雅人には、ヤクザとはいえ腕っ節はそう強くない堀田を殴り倒すくらい簡単なことだった。

しかし、松川組の組員である堀田を痛めつければ、松川組から報復される可能性がある。自分はどうでもよかったが、由佳子がひどい目に遭わされるのが怖かった。

そして一週間前、ヤクザであることを笠に着てまったく反省していない堀田は、雅人がアルバイトをして少しずつ貯めていた金までも探しだして、また盗みだしたのだ。泥棒を家のなかで飼うような愚かな真似をした自分の甘さを、雅人は痛感した。

由佳子が前回よりも激しく怒り、堀田をマンションから叩きだしたのは、その盗んだ金で女を買って遊んでいたことを知ったからである。

堀田の浮気は今回にかぎったことではなく、ほとぼりが冷めたころに縋りついて来られれば、由佳子はきっとまた受け入れるだろうと雅人は確信していた。

堀田と一緒にいて、由佳子が幸せになれるはずがない。別れたほうが幸せになれると由佳子に訴えたところで、「私は今が幸せなのよ」と由佳子が微笑んでしまえば、雅人にはどうすることもできなかった。

その由佳子が堀田を追いだしたのは、願ってもないチャンスであった。ろくでなしが帰ってくるのは少しでも遅いほうがいい。それには、由佳子と会う隙を与えないことだ。

由佳子の怒りも今のところは持続しているけれども、本人が目の前に現れて涙と後悔を見せれば、女心などあっという間に変わってしまう。

雅人はそう考え、店が終わる時間になると、由佳子を迎えにいくことにした。れい子には事情を話し、堀田が店に来たら教えてほしいと頼んである。それればかりか、れい子は事態が落ち着くまで由佳子には同伴やアフターなどは控えさせると言ってくれたのだ。お給料が減ってしまうわ、という由佳子の迷惑そうな呟きは聞かなかったことにした。

店内が変な具合にざわめいているのに気づいたのは、サンドイッチを包んであったラップをゴミ箱に捨てたときだった。コーヒーを持ってくると言っていたれい子も、戻ってくる様子はない。

雅人は休憩所から厨房に入り、仕切りのカーテンの合間からそっと店内を窺った。

ボックス席に数人のサラリーマンと思しき男たちが座り、ホステスが三人ついている。彼らの視線の先に、堀田と由佳子がいた。

「今日は客として来たんだぜ。金のことなら心配すんなって。ここにあるからさぁ」

堀田はこれ見よがしに一万円札を見せびらかしたが、手に握られている枚数は五枚にも足りていなかった。

「それは雅人のお金でしょ。店には来ないでって言ったじゃない。今日は帰ってちょうだい」

「なんだ？　浮気のこと、まだ怒ってんのか？　あんなの遊びだよ、俺の一番はお前だけだって」

「私はまだ仕事中なのよ、そんな話をしている暇はないの。いいから帰って」

美しい顔を強張らせた由佳子が、堀田の腕を取って入り口に向かわせようとした。

「うるせぇ！　だから、客として来たって言ってんだろうが！　酒、飲ませろよ」

不意に切れた堀田は由佳子を振り払い、カウンターの椅子を蹴り飛ばした。

ホステスが悲鳴をあげ、れい子は残っていた客たちに頭を下げて帰ってもらっている。その間にも、堀田と由佳子のやりとりは激しくなっていく。

雅人はそろりと店内に足を踏み入れ、二人に近づいた。

「いい加減にしてよ！　盗んだお金、雅人に返してあげて。まさか、全部使っちゃったわけじゃないでしょう？」

「もう使っちまったよ。今はこれしか残ってない」

「たったそれだけ？　馬鹿なこと言わないで！　いったい、なにに使ったのよ。……まさか女じゃないでしょうね」

「違うって。ちょっと前までもう少し残ってたんだが、これを買ってなくなっちまった。お前にどうしても買ってやりたいと思ったから」

堀田がポケットから取りだしたものを見て、雅人は呆れてしまった。由佳子に捧げた小さなボックスのなかには、ダイヤモンドの指輪が照明を浴びてキラキラと輝いていた。

「盗んだ俺の金でそれを買ったってわけか。恋人へのプレゼントくらい、自分で稼いだ金で買ってやれよ」

侮蔑のこもった台詞を吐きかけると、堀田はようやく雅人の存在に気づいた。指輪に見入っていた由佳子がハッと我に返り、怒った表情を取り繕ったのを、雅人は目敏く発見してしまった。

最近の由佳子の言動は、見たくないこと聞きたくないことのオンパレードだ。

「お前、こんなとこでなにしてやがる」

「あんたみたいなクズから姉さんを守るためだよ」

「ガキが偉そうなこと抜かしてんじゃねぇぞ！」

雅人の胸倉を掴んだ堀田を、由佳子が縋りつくようにして止めた。

「二人ともやめて！　そんな指輪をもらっても嬉しくないわ。ねぇ信博、使っちゃったお金はしょうがないけど、せめて雅人には謝ってちょうだい」

「俺はヤクザだぞ。ヤクザがそんなに簡単に頭下げられるか」

「俺だって、頭を下げられたくらいで許してやるほど優しくないよ」

雅人は挑発するように言い、胸倉をしつこく掴んでいる堀田の腕を振り払った。

「なんだと、こら。てめぇ、誰に向かって口きいてんだ！」

案の定、堀田は目の色を変えて、雅人を睨みつけてきた。

百七十三センチの雅人よりも、堀田のほうが少し背が高く、恰幅もいい。しかし、威圧感も、呑みこまれるような恐怖も感じなかった。

由佳子は堀田に、雅人に謝れと言った。つまり、謝れば自分も雅人も堀田を許すという意味であろう。自分の家に嫌悪する男がいることの苦痛、自分の家のなかであってもつねに金品に気を配らねばならない心休まる暇もない日々は、近いうちにまた繰り返されるのだ。

さすがの雅人もうんざりだった。

謝れば金を返さずとも弟は許してくれるだろうと考える由佳子の気持ちが、これっぽっちもわからない。由佳子が心惹かれる堀田の魅力とはなんであろう。

金づるである女の機嫌を取って笑っているときは、それなりに整った顔立ちの好青年に見えなくもないが、切れやすい性格や手に負えない盗み癖、罪悪感や羞恥心の欠如は、ほかにどのような長所があっても打ち消されるものではないと思う。

これまでは喧嘩をしないように憤りを胸に収めてきたが、今日は無理そうだ。由佳子への失望も相俟って、雅人は侮蔑しきった嘲笑を堀田に向けた。

「誰に向かってって、あんたしかいないだろ。そんなこともわかんないのかよ。あんたの顔を見ずにすんだ一週間は天国みたいだったよ。浮気がバレてパンツ一丁で追いだされたあんたの情けない姿を、たまに思いだして笑わせてもらったけどね」

「だっ、黙れ、クソガキ！」

台詞と同時に飛んできた堀田の右ストレートを、雅人は身体を引きながら軽く頬に受けて流した。避けることもできたが、あとで警察沙汰になったときに、堀田に先に殴られたと言えば正当防衛になると思ったのだ。

雅人はなおも殴りかかってくる拳を避けて、堀田の腹部に一発叩きこんだ。

声にならない呻き声をあげた堀田は、背中を丸めて両膝を床についた。

「あんたが黙ってどうすんの。姉さんが見てるよ、その情けない姿」

「調子こいてんじゃねぇぞ。誰にケンカ売ったかわかってんのか！」

「売ったのはそっちだろ。買ってやったんだから、みっともなくうずくまってないで、立ち上がったら？」

「こ、このガキが……！　俺が誰だか知ってんのか？　俺は松川組の堀田だぞ！」

早くも伝家の宝刀が抜かれてしまった。ほとほと疲れ果てた雅人は投げやりな気持ちになり、いつも胸に呑みこんできた台詞を吐きだした。

「それがなんだっていうんだ。男を売るのがヤクザっていうけど、あんたは女から金を巻き上げ、ガキの財布から金を盗むことしかできないじゃないか。自分より弱いものとしか喧嘩もできないんだろう。ご立派なヤクザ様で頭が下がるよ」

堀田の顔が真っ赤を通り越して、どす黒く染まった。

「なんだと、コラ。姉ちゃん姉ちゃんって、お前は前から気に入らなかったんだよ！　馬鹿にした目で俺を見やがって、お前なんかいつだって片づけられるんだ！」

のっそりと起き上がった堀田が、懐に隠し持っていたドスを抜いて切っ先を雅人に突きつけた。

遠巻きに見ていたホステスたちが悲鳴をあげ、店の外に出ようと走りだす足音が聞こえた。

刃物を向けられて、恐怖を感じない人間はいない。雅人の腰も引けたが、ここで逃げたら負けだという思いが両足を踏ん張らせた。

「やめて、信博！　そんなもの、早くしまって！」

真っ青な顔をした由佳子がカタカタと震えながら言ったが、怒り狂う堀田の耳には届いていないようだった。

「へへっ、さっきまでの威勢はどうした。かかってこいよ。来ねぇならこっちから行くぜ！」

突きだされた切っ先を、雅人は横に転がって避けた。起き上がろうとしたが、堀田が倒した椅子にぶつかって体勢を崩し、床に尻餅をついてしまった。

堀田はドスを持った腕を振りかぶっている。

刺される、と思った瞬間、雅人は思わずぎゅっと目を閉じた。

しかし、衝撃も痛みも、いつまで経っても襲ってこない。

けたたましいほどの由佳子の悲鳴も消えて、店内は静まり返っている。

雅人は恐る恐る、瞼を押し上げた。

見上げた先には、見知らぬ男が堀田の腕を背後から捻じり上げており、ドスは床に落ちていた。

黒いサングラスをかけた男は堀田よりもさらに背が高く、口元には微笑らしきものを浮かべ、一言もしゃべっていないのに、堀田とは比べ物にならないほど獰猛で危険な空気を漂わせている。

「な、なんだ？　てめぇは誰だ、俺は松川組の……」

「志堂さん！」

男の雰囲気に呑まれ、明らかにトーンダウンした堀田の声を遮ったのは、れい子だった。

その名を聞いて、堀田がギョッとしたのが雅人にもわかった。怒りで赤黒かった顔がペンキで塗り替えたみたいに一気に真っ白になり、目だけをきょろきょろさせて震えている。

志堂がゴミを捨てるように堀田を突き放すと、彼の後ろから現れた二人の男が引き取って殴りつけた。

「雅人くん、大丈夫？　怪我はない？」

「……大丈夫です。転んだだけですから」

れい子が差し伸べてくれた手をやんわりと断って、雅人は起き上がった。震える身体をカウンターにもたれさせて支える。

結果的に無傷ですんだとはいえ、自分に向かって振りかぶられた刃物は心底恐ろしいものだった。

由佳子は少し離れたところに立ち、殴られ蹴られて情けない悲鳴をあげている堀田を、口元に両手を当てて見つめていた。止めたくても、どうすればいいのかわからないのだろう。

それにはかまわず、れい子は志堂の前に立つと、丁寧に腰を屈めた。

「内輪の揉め事にお呼び立てして申し訳ありません。今日はマネージャーが休みで、バイトの男の子も少し前に帰してしまったものですから。でも、テツくんが来てくれるんだとばかり思ってましたわ。まさか、志堂さんがわざわざ来てくださるなんて」

「たまたまこのあたりを走ってたんだ。運転手をしてたテツが、れい子ママからSOSだって叫ぶもんだから、それなら一緒に行くかってな」

志堂はサングラスを外して、スーツの胸ポケットに入れた。

雅人が我知らず見つめてしまったほど、男らしく端整な顔立ちだった。切れ長な瞳が冷たい印象を与えるが、微笑んで目尻が下がると温かみが浮かび上がる。

話し方も気さくで、低めの声は耳に心地よく響いた。サングラスがなければ、一流企業の若手社長と言っても通用するだろう。

しかし、見た目はどうであれ、堀田に制裁を加えている時点で堅気でないことは明らかだ。

「本当に助かりましたわ。——雅人くん、こちらは志堂さんよ。いつもお世話になっているの」

れい子は志堂に目で確認してから、黒志会の会長であることを告げた。

「あ……、芳丘雅人です。さっきは助けてくださって、ありがとうございました」

志堂と目が合う前に、雅人は深々と頭を下げて礼を言った。

黒志会とは、堀田をなんとかできないものかと松川組のことを調べたときに、兵頭組とともによく耳にした名前であった。

兵頭組の二次団体である黒志会の会長は、最年少で兵頭組の最高幹部に取り立てられた実力者だという。兵頭組は、子どもでも知っている暴力団の代名詞のような組織だ。

いつも世話になっているということは、れい子はみかじめ料を黒志会に支払って、揉め事などの面倒をみてもらっているのだろう。ヤクザの言い方をすれば、ケツ持ちである。

「あら、あの子たち……。すみません、ちょっと失礼しますわ」

れい子は志堂にそう断り、騒動が治まってフロアに戻ってきたホステスたちのところへ行ってしまった。

二人だけで残されて緊張している雅人に、志堂は穏やかな声で話しかけてきた。

「雅人っていうのか。入り口で聞かせてもらったぜ。ヤクザ相手になかなか威勢のいい啖呵を切ってたじゃないか」

なんと答えていいかわからず、雅人はひたすら頭を下げつづけていた。

頭上からまじまじと見下ろされているのが気配でわかり、いっそう背中が丸くなる。

「さっきまであんなに元気がよかったのに、えらくおとなしくなっちまったな。……雅人」

「は、はい」

「顔を上げろ」

雅人はごくりと唾液を飲みこみ、そろそろと背筋を伸ばして志堂を見上げた。

黒い瞳が真っ直ぐに雅人を見つめていた。強い視線に絡め取られ、目を逸らすことも瞬きをすることもできない。

沈黙は長くつづいた気もしたし、ほんの一瞬だった気もした。

「変わった目の色をしてるな。ハーフか？」

志堂の問いに、雅人はゆっくりと首を横に振った。

「よく言われるんですけど違います。生まれつきこんな色なんです」

それは子どものころからの雅人の悩みでもあった。肌の色は普通、髪だって平均的なこげ茶色なのに、瞳の色素だけが格別薄く、光が当たると金茶に見える。

その日本人離れした明るすぎる茶色の瞳は、他人の好奇心をそそるようで、幼いころには苛められたものだった。父親がおらず、母親は夜の商売で一家を支えているという家庭環境も、それに拍車をかけていた。

しかし、状況は中学生になると一転し、線の細い顔立ちとエキゾチックな瞳が女子生徒に受けて、交際を申しこまれることが多くなった。喜ぶどころか変化についていけず戸惑っているうちに、今度はそれをやっかんだ男子生徒から絡まれるようになり、再び苛められる生活に戻ってしまった。

雅人がボクシングを習い始めたのは、自分の身を守るためでもあったのだ。

生意気だと殴られるくらいならまだいいほうで、妙な勘違いをして押し倒してくる男もいて、もちろん全員返り討ちにしてやったが、そういう男たちはみな、「お前がそんな目で見るから悪いんだ」と堂々と言い放った。

だから、雅人はあまり人の目を見て話さない。話せなくなったと言ったほうがいいだろう。無用のトラブルを避けるための、自己防衛であった。

「綺麗な色だな。じっと見てると吸いこまれそうになる」

志堂は感心したように言った。

「そうでしょうか。俺はもっと、普通の色がよかったです」

見つめられることに耐えきれず、雅人はわずかに視線だけを外した。吸いこみたいなどとは思ったこともないのに、勝手に吸いこまれに来られても困ってしまう。

「なんだ、急にふてくされて。さては、色が変だって苛められて泣いたことがあるな?」

「……泣いてません」

「泣きべそかいて家に帰って、優しい姉さんに頭撫でてもらったか?」

「もらってません!」

せっかく逸らしたのに、雅人は思わずむきになって志堂を睨んでしまった。まるで中学生の会話のようで、ヤクザの組長だとは思えない。

「むきになるところが怪しいぜ。泣き虫だったことを姉さんにバラしてもらおうかな」

そう言って志堂は由佳子を見やり、

「どうだった?」

と訊いた。

もちろん、由佳子はそれどころではなかった。志堂と雅人の話を聞いていた様子もなく、由佳子は震える足取りで志堂に近づき、気絶したのか倒れて動かない堀田を指差し、

「あの人を許してやってください。お願いします」

と頼んだ。

「ああ? ヤクザなら落し前が必要だ。そのことはこいつが一番よくわかってるだろう。殺しはしねぇよ。死体を処理するほうが手間がかかるからな。そこまでの価値はこいつにはない」

恐ろしいことをさらっと言うと、志堂はホステスたちを帰してこちらに戻ってきたれい子のほうを向いた。

「松川組の組長には俺から話をつける。おそらく、破門ってことで片がつくだろう。あとは俺たちに任せてくれ」

「わかりました。お手数をおかけしますけど、よろしくお願いしますわ」

「ま、待って！　待ってください。あの人、店で暴れたのは今日が初めてなんです。いつもはおとなしく飲んでくれてて、本当は気の小さい人なんです。今日のようなことはもう二度とさせないって約束させますから、許してやってもらえませんか」

思いもかけない由佳子の必死さに、雅人は思わず唖然とした。

志堂はそんな由佳子を、鼻で笑った。

「弟を刺そうとした男にまだ未練があるのか？　俺が止めなきゃ、姉さん思いの可愛い弟はあの世に行ってたかもしれないんだぜ」

「あんなもの、脅しで出しただけです。強がってるけど、人を刺すような度胸はあの人にはありませんから。ね？　そうよね、雅人」

雅人は返事ができなかった。あんまりと言えばあんまりな言いようである。

堀田は本気で雅人を刺す気だった。我を忘れるほどの怒りに駆られ、正気を失った瞳で真正面から睨まれた雅人が、一番よくわかっている。

志堂を相手に揉められては困ると思ったのか、れい子が毅然として言った。

「リサちゃん、私は志堂さんにお任せすると言ったのよ。お店でこんな騒ぎを起こされたら仕方がないわ。聞きわけてちょうだい」

由佳子は怒りも露にれい子に食ってかかった。

「そんなの無理よ！　ひどいわ、ママだって見てたでしょ。雅人が挑発したから怒っただけなの。……ねぇ雅人、あんたからもお願いしてちょうだい」

「いやだよ、姉さん。あんなやつ、俺はどうなったってかまわない」

雅人は泣きたい思いで、声を振り絞った。

性根の腐った堀田が悪いだけで、騙されている由佳子は悪くない。由佳子だっていつかはわかってくれると信じてきたけれど、それは無理だったのだろうか。

「どうしてそんなこと言うの。あの人にだって、優しいところはあったでしょう？」

由佳子は溺れて縋りつくような、雅人の胸を罪悪感で痛ませる表情を作った。

「俺から盗んだ金で姉さんへの指輪を買うのが、優しさなのか？」

「あんな指輪はいらないわ！　まさか私が欲しがってるなんて、思ってないわよね？　あれはお金に換えて雅人に返すわ。残りのお金も私が返すから」

「金を返すとか、もうそんな問題じゃないだろう？　姉さんが返してくれたって、あいつはまた同じことをするよ。どうしてそれがわからないんだ？」

「今度は大丈夫よ、あの人には働いてもらうつもりなの。私が言えば、わかってくれるわ」

堀田が働くはずがなかった。すでに、「由佳子のヒモ」という仕事に就いているようなものだからだ。

由佳子から金が取れないとわかれば、違う女を見つけてくるだろう。女に食わせてもらおうという性根の男は、なにを犠牲にしても男に尽くしたがる性根の女を、ハイエナのように鋭く嗅ぎつける能力がある。

「ヤクザは頭が下げられないって言ったのはあいつだ。ヤクザであるうちは、普通の仕事なんてできるわけがないよ。破門されたっていいじゃないか。ヤクザなんて最低な稼業を辞めたら、少しはましになるかもしれない」

「雅人はヤクザが嫌いだもんね」

由佳子は悲しそうな顔で呟いた。

「大嫌いだよ、姉さんが一番よく知ってるだろう？」

志堂がいることも忘れて、雅人は強く言いきった。

「うん、ごめんね。だけどあの人、私が見捨てたら本当に駄目になっちゃうわ。いつかは出世して私に楽をさせてくれる、なんて話、信じてるわけじゃないのよ。でも、ヤクザの世界ではあの人なりに頑張ってて、すごく一生懸命なの。そういうところも、わかってあげてほしいの」

半分とはいえ、血のつながった姉とのあまりにも遠い距離をひしひしと感じて、雅人は気が遠くなった。

説得する言葉を必死に探す雅人の肩を叩いたのは、志堂だった。

「女ってのは情が濃いねぇ」

「志堂さん……」

そこで雅人は遅まきながら、ヤクザは最低で大嫌いと言った自分の台詞を思いだして慌てた。志堂に対して言ったわけではないが、いい気分ではなかっただろう。

あまりの気まずさに、雅人の肩に置かれたままの志堂の手がずっしりと重く感じる。

「今日は家に帰ってゆっくり休んだほうがいい。話は落ち着いてからにしたらどうだ。ヤクザのことはヤクザに任せな。姉弟で言い合いをしたってどうにもならねぇよ」

志堂はそう言い、有無を言わせぬ口調で由佳子に帰り支度をしてくるように命じた。

れい子につき添われて由佳子がしぶしぶ更衣室に向かうと、堀田を痛めつけていた二人の男が、意識朦朧とした堀田を無理に立たせせた。

「事務所に転がしとけ。松川組には明日、話をする」

「はいっ」

男たちは軍人のようにきびきびした返事をして、堀田を小突きながら連れだしていく。

志堂と雅人は二人きりになり、謝るチャンスは今しかなかった。

「あの、助けてもらったのに、ヤクザが最低だとか大嫌いだとか言って、すみませんでした。つい、カッとなってしまって」

「べつにかまわんさ。ヤクザが汚いことをやってるのも事実だ。だが、堀田みたいなのがヤクザのすべてだとは思われたくねぇな」

「……。志堂さんには感謝しています」

「なんだ、その間は。俺には感謝するけど、やっぱりヤクザは嫌いってか？　堀田以外にもろくでなしが身近にいそうな口ぶりじゃねぇか」

雅人の微妙な沈黙を、志堂は鋭く突いてきた。

「いえ、そんなことないです」

「嘘をつくなよ、雅人。落し前をつけてほしい男がいるなら、ついでだ。言ってみな。綺麗に片づけて、一般市民の味方になるヤクザもいるってことを教えてやるよ」

「違うんです。すごく個人的なことで……俺の父親もヤクザらしいんです。俺が生まれる前に母を捨てたと聞きました。俺は一回も会ったことないし、顔も知りません。姉とは父親が違うんです。ヤクザには関わるなっていうのが母の口癖で、姉さんだって知ってたはずなのに、どうしてあんな男を選んだのか」

「言わせてもらえば、あの間抜けはヤクザだから最低なんじゃなくて、ヤクザでなくても救いようのねぇろくでなしだぜ」

「そうですけど、ヤクザでなかったらもっと早くに脅すなり殴り倒すなりして、家を追いだすように仕向けることができました。あいつ、突然転がりこんできて、自分の家みたいに偉そうにふるまって……」

「お袋さんはたしか、去年の秋に亡くなったんだったな」

雅人は無言で頷いた。

由佳子は頼りないところがあるから、お前が守って助けてやってね、と痩せ細った母は何度も雅人に頼んだものだった。病床で母と交わした約束を思いだし、雅人の目頭が熱くなった。

精一杯頑張ってきたけれど、もう無理かもしれない。由佳子の気持ちを変わらせる方法など、ないのかもしれない。

途方に暮れた雅人は、母が死んだことをどうして志堂が知っているのか、不思議にも思わなかった。

「雅人」

「……はい？」

うっすら浮かんだ涙を瞬きで隠し、雅人は志堂を見上げた。

「姉さんを本当に助けたいなら、明日、一人で俺のところに来い。事務所の場所、わかるか?」

「いいえ、わかりません。あの、姉を助けるって、どういうことですか」

「明日になればわかる。そうだな、午後三時に駅前のロータリーで待ってろ。迎えをやらせる」

気になってもう一度訊こうとしたとき、由佳子とれい子が戻ってきた。

志堂は意味不明な微笑を浮かべて雅人の頬をそっと撫でると、れい子と二言三言言葉を交わして出ていった。

そんな志堂を、雅人は不安な顔で見送るしかなかった。由佳子はまだ堀田のことを納得しているわけではないらしく、なにかを言いたそうにしている。

ゆっくり休めと言われても、今夜ばかりは無理そうだった。

2

翌日、アルバイトを休んだ雅人が駅前のロータリーで待っていると、時間どおりに黒いベンツが悠々と現れた。

助手席から出てきたスーツの男は、昨夜、堀田を殴っていた二人の男の片割れだった。年齢は四十代前半くらいだろうか。昨夜の様子から見て、志堂には絶対服従を誓っているようだが、志堂より年上に見える。

男に促されて、雅人は後部座席に乗りこんだ。生まれて初めての高級車に、洗いざらしのジーンズに汚れたスニーカーで乗るのは気が引けたものの、今さらどうしようもない。

まわりの車が自然と避けていくなか、ベンツはロータリーを抜けた。

「あの、わざわざ迎えにきてもらってすみません」

雅人が謝ると、助手席に戻った男は軽く振り返って応じてくれた。

「会長のご命令ですから、お気になさらず。自分は黒志会若頭補佐の近藤《こんどう》と申します」

ドスを利かせていない近藤の声と話し方は、雅人が意外に思ったほど優しく聞こえた。ヤクザだからといって、誰彼かまわず日がな一日すごんでいるわけではないのだ。

運転席に座っているのは、二十代くらいの茶髪の青年だった。雅人が気になるのか、チラチラと視線を向けてくる。

「こらテツ、しっかり前向いて運転しろ」

「すいません」

近藤に叱られて、テツと呼ばれた青年は前を向いたままぺこっと頭を下げた。しかし、赤信号で停車すると、近藤に見つからないように目だけを動かしてなんとか雅人を見ようとしている。

近藤はそんなテツの頭をパシンと叩き、

「バレてんだよ。ふざてんのか、てめぇは」

と叱った。

テツの子どもじみた行動と、本気ではない近藤の苦笑交じりの叱責に、雅人は思わず笑ってしまった。

それでほんの少し緊張が解け、思いきって話しかけてみた。

「どうして俺が志堂さんに呼ばれたか、知ってたら教えてもらえませんか？　近藤さんも昨夜、志堂さんと一緒に『シェリー』に来てましたよね？」

「それは会長からお聞きになってください。自分は雅人さんをお連れするように、命じられただけです」

「じゃあ、堀田はどうなったんでしょうか。姉がとても気にしているんです」

「それも、会長が教えてくださるでしょう」

「そうですか……」

志堂と会う前になんらかの心構えができればと思ったが、近藤からはなにも聞きだせないらしい。

雅人はがっかりして俯いた。

昨夜、マンションに帰って由佳子と二人で話をしたものの、由佳子の心配は連れていかれた堀田のことのみで、堀田がどうなったのかわからない状況では、話し合いは堂々巡りにしかならなかった。

志堂の用件は堀田か由佳子に関するものに違いなく、心当たりがないか訊いてみたのだが、由佳子は志堂とは今日まで話したことさえないと首を横に振るばかりだった。彼を見かけるのは開店前の時間帯で、そんなときはいつもれいい子だけが相手をしており、彼がまさか黒志会の会長だとは思いもしなかったと言う。

誰もなにも教えてくれず、得体の知れない不安ばかりが膨れ上がっていく。ヤクザからの呼びだしなのだから、ろくでもないことだけは予想がついた。

会話が途切れたまま二十分ほど走って、車はレンガ色をした瀟洒なビルの前で停まった。見た目は綺麗な普通のビルで、黒志会だとわかるような表札はあがっていない。

車を降りた雅人は逃げだしたい思いを堪え、近藤の案内で黒志会事務所に足を踏み入れた。

ドアを開けてすぐの部屋には数人の男たちがいて、噎せ返るほどの煙草の匂いと煙がどっと押し寄せてきた。ソファに転がっていたり、机に座って煙草をふかしていた男たちは、近藤を見ると、一斉に直立不動の姿勢を取った。

昔ながらの暴力団風の格好をしている者はおらず、街でたむろしている普通の若者、もしくは、スーツを着ている者はホストのように見えたりもしたが、こいつは誰だと雅人を睨む目つきはやはり、一般社会で暮らす者とは一線を画している。

ご苦労様です、と次々にかかる声に、近藤は片手を挙げて応えている。

雅人はそのなかを近藤の後ろにぴったりと張りついて通り、廊下の奥にあるエレベーターまでたどり着くと、ホッとため息を漏らした。

身近なヤクザは堀田しか知らないが、やはりこういう雰囲気は好きではなかった。志堂はあの男たちの頂点に立つ男だ。

エレベーターが目的の階に着き、会長室と思しき部屋の前で雅人は深呼吸をした。

「会長、雅人さんをお連れしました」

近藤がノックしてそう言うと、内側から壮年の角刈りの男がドアを開けた。

雅人は近藤を真似て「失礼します」と頭を下げて、なかに入った。

大きな観葉植物や高級そうな革張りのソファセットなどが置かれてあったが、最初に目に入ったのは、台に飾られた大代紋だった。代紋の下には黒志会の名も刻まれている。

黒い大理石で作られたそれは、汚れも埃もなく光っていて重々しい。ヤクザというものを嫌悪している雅人にも、代紋が持つ厳かな権威のようなものは重苦しいほどに感じられた。

志堂はデスクに広げた書類を読んでいたが、雅人を見ると微笑んだ。

そして、近藤を労い、山本《やまもと》と呼ばれた角刈りの男と一緒に下がっているように命じた。広い部屋に志堂と二人で残された雅人は、ごくりと唾液を飲みこんだ。

書類を片づけた志堂は立ち上がると、デスクから離れてソファに座り直した。彼が身につけているスーツには皺ひとつなく、革靴はピカピカに磨かれ、重そうな腕時計にはダイヤモンドが光っている。

高級ブランド品やその素材について雅人はよく知らなかったが、総額を聞いたらきっと気を失うほど高いだろうということくらいはわかった。

「よく来たな、雅人。昨日はよく眠れたか？」

「いいえ、あまり」

雅人はドアの前に突っ立ったまま答えた。

「だろうな。姉さんと話をしたのか？」

「はい。でも、姉は堀田のことばかり気にしています。堀田はどうなったんでしょうか」

「俺もよく知らねぇよ。ちょっとばかし痛めつけたあとは、松川組に引き渡しちまったからな。指が一本なくなったとしても、殺されはしねぇだろう。もっとも、山に埋められるか海に沈められるかしたほうが、お前にとっちゃありがたいかもな」

「そんなこと……」

冗談なのか本気なのかわからない志堂の軽口に、雅人は複雑な気持ちでうなだれた。

たしかに殺してやりたいほどの怒りを感じているが、具体的な考えもなく現実的な行為に走るほど愚かではない。不慮の事故や病気などで誰にも迷惑をかけずに独りで死んでくれたらありがたいけれど、それもまた実現する可能性はほとんどないとわかっているうえでの願いであった。

「あの男がやらかしたことは、『シェリー』のママから全部聞いてる。よく我慢したな」

「それは……姉さんが必死になって庇おうとするし、あんなやつでも俺はヤクザだって叫ばれると、やっぱり怖かったから」

「昨日は怖くなかったのか？」

「ドスを向けられたときは怖かったです。でも、姉さんがまだあいつと別れるつもりはないんだと知って、また同じことの繰り返しかと思うと我慢できなくなってしまって」

「堪忍袋の緒が切れたか。そんなとこに突っ立ってないでこっちに来て座れ」

「失礼します」

雅人はビクビクしながら志堂の向かいに腰かけた。滑らかな革のソファは柔らかく、手前に浅く座っても尻が沈んでしまって落ち着かない。

志堂は懐から煙草を取りだした。

長い指に挟んで、口元に運ぶ。金色のライターの火が灯り、チリッと音がして煙草の先端が赤く染まった。紫煙がゆったりと立ちのぼる。

その一連の仕草は流れるように美しく、雅人は思わず見惚れてしまった。

「堀田のこと以外で、由佳子はなにか話したか?」

「あ、いいえ。訊いてはみたんですけど、なにもないと言うばかりで」

「さすがに弟には言えねぇか。お前、由佳子に借金がいくらあるか知ってるか?」

「……は?」

予想もしなかった話に、雅人はぽかんとして志堂を見つめた。

「やっぱり知らねぇのか。由佳子はな、堀田に渡す金を作るのにサラ金に手を出し、それだけじゃ足りなくなって、次に闇金へ走り、その支払いが限界にくると、『シェリー』のママに頭を下げた。あの手の金貸しは、一度でも払えなくなると取り立てが厳しくなる。弟に迷惑をかけたくないと言われたら、ママも貸さないわけにはいかなかったそうだ」

呆然としたまま、雅人は返事もできなかった。

堀田は由佳子から搾り取れるだけ搾り取り、由佳子になにもなくなったから、雅人の金に手を出してきたのだろうか。

金銭を要求したのは堀田に違いないが、断りきれずに借金までして用立てたのは由佳子である。

しかも、闇金に支払う金をれい子から借りたとは。

「増えていった利息も含めて、借金の総額は二千万ってとこだ」

「二千万……」

くらっときて、再び頭が真っ白になった。

貯金もなく、頼れる親族もいない雅人には、途方もない大金である。マンションは賃貸だし、売れるようなものもない。

「車のローンの残りが二百と、『シェリー』で四百ってのははっきりしてる。あとはクレジットカード、サラ金が九社に、確認できた闇金が三つ。借りも借りたりだ。由佳子から聞きだしたわけじゃないから、もうちょっと増えるかもしれん。まぁ、減ることはないし、もちろんこうして話をしてる間にも利息は増えつづけていく」

「待ってください、車のローンって車を買ったってことですか？　姉は免許を持っていないし、堀田が乗っているのも見たことはありません」

「堀田が由佳子に買わせて、新車のうちに売り払ったんだろう。売られたことに由佳子が気づいているのかどうかは知らんがな。堀田は現金を手にして、由佳子にはローンが残った。この業界じゃ、よくある話だ」

「だけど、姉はお金に困ってるなんて一言も……。仕事の前にはほとんど毎日美容院に行ってるし、新しい服も買ってたし。マンションの家賃や生活費も、姉が払ってくれてるんです」

「お前は家に一銭も入れてないのか？」

「高校を卒業してからは、毎月家賃の半額を姉に渡してます。光熱費とかもあるし、もっと出すと言っても、それ以上は受け取ってくれなくて」

雅人がいくらアルバイトをかけ持ちして頑張っても、ホステスをしている由佳子の月給の三分の一にも満たない。しかし、ホステスは入ってくる金も大きいが、出ていく金も大きい仕事である。

雅人は経済的に姉に甘えていた自分の甲斐性のなさをここに至って痛感し、情けない思いで唇を噛んだ。

「そんな顔すんなって。たとえお前の給料を丸ごと渡してたとしても同じことだ。堀田に吸い取られる額が上乗せされるだけで、借金自体に変化はない。お前が貯めてた金も堀田に盗まれたんだろう？　結局のところ、毎月取られるか、まとめて取られるかの違いしかなかったわけだな」

「でも、二千万だなんて。それも、そんなたくさんのところから」

「由佳子はそこそこ稼いでるから、貸すほうにはいい金づるだ。お前が気づかなかったってことは、金がなくて困ってることをお前には知られないように隠してたんだろう。姉さんのプライドってやつかもな」

そう言われてみれば、雅人に対して由佳子は見栄っ張りなところがあった。頼りになり、尊敬できる姉でありたいと考えているようなのだ。

そのわりに何度口出ししても、堀田とつき合うことはやめてくれないが、それとこれとは別問題なのだろう。

志堂に教えてもらわなかったら、由佳子はいつまでも雅人に隠し通そうとしたに違いない。しかし、二千万まで膨らんでしまった借金を抱え、返済の目処も立っていない状況で、弟にどんな見栄を張りたいと思っているのだろうか。

そこで雅人はふと気がついた。

「どうして志堂さんは、姉の借金のことを知ってるんですか？　そんなに詳しく内訳まで把握してるなんて」

志堂は二本目の煙草に火をつけた。

「お前もわかってると思うが、『シェリー』のケツ持ちはうちがやってる。あの店には俺もたまに寄らせてもらうんだよ。堅気のみなさんの邪魔にならないように、開店前に行くんだがな。一週間ほど前に立ち寄ってみたら、ママと由佳子が金のことで揉めててな。ママは自分の裁量でホステスに貸した金が返ってこないからって愚痴るような女じゃないが、由佳子に張りついてる松川組のヒモがヤバそうで怖いって言うもんだから、ちょっとばかり手を貸すことにしたんだ。楽しく飲んで帰るだけなら、どこの組のもんが来たってかまわねぇが、うちのシマで松川松川って叫ばれたんじゃ、黙っとくわけにはいかねぇだろ」

「れい子さん、大金を貸してくれてたのに、俺にはなにも言ってくれませんでした。それどころか、いつも俺を気遣って優しくしてくれて……」

雅人は一緒に暮らしていながら、なにも気づかなかった己の鈍感さに自責の念を覚えた。

自分では精一杯頑張っているつもりだけれど、実際には頼りにならない子どもでしかない。金を持っていないのは仕方ないにしても、堀田のことは由佳子の問題で自分に非はない、むしろ被害者なのだという意識を持っていたことで、雅人自らもまたれい子に甘えていたのだ。

「これまでママからの借金と、返済のための金をよそから借りるって荒業でなんとか支払ってきたみたいだが、そんな状況が長つづきするはずもない。一回でも支払いが止まるとヤクザが取り立てにやってくる。『シェリー』にも嫌がらせが入るだろう。俺たちが追い払ってやればいいとはいえ、客商売で揉め事がつづけば死活問題だ。お前はママに、これ以上の迷惑をかけてもいいのか?」

「よくないです。でも、どうすればいいのか」

「解決策はいくつかある。由佳子の借金をうちがまとめて一本化すれば、嫌がらせはなくなるし、ママが貸した金も俺がすぐに返してやれる。で、由佳子にはもうちょっと稼ぎのいい仕事についてもらう」

「稼ぎのいい、仕事？」

志堂の顔が好色そうに歪み、雅人は無意識に眉をひそめた。

「身体ひとつあれば、女は手っ取り早く稼げる方法があるだろう。多少年は食ってるが、由佳子ならすぐに売れっ子になれる」

それがソープランドだとかで身体を売る仕事だというのは、雅人にもわかった。

「ま、待ってください！　姉にはそんなことはできません。俺もさせたくないです」

「甘えたことを言ってる場合か。できるできないは問題じゃねぇんだ。とにかく、やるしかないってこった」

「俺も一緒に支払います。姉だって、堀田がいなくなったんだから、今までどおり働けば、支払いにまわせる金が作れるはずだ」

雅人は身を乗りだし、必死に言い募った。

「二人で月に五十万払えんのか？　それくらい払っていかないと、利息が毎月の支払い分を超えちまう。利息だけ払いつづけても、借金は死ぬまで返せない。わかるだろう？」

借金などしたことのない雅人には、利息がいくらなのかわからない。わかったところで、意味はないだろう。志堂が毎月五十万と言うなら、それはすでに決定事項なのだ。

「一度、姉と話をさせてください」

雅人はそう頼んだ。

五十万ともなれば、雅人の手には負えない額である。ここで志堂にどんなに食い下がっても、由佳子が返そうという気にならなければ、絶対に無理だった。

「話をしたって無駄だぜ。よく考えてみろ。お前が家賃や生活費の面倒を全部みたとして、由佳子の給料から五十万を引いた残りはいくらだ？　毎日美容院に行って着飾る余裕はなくなるよな。それで今までと同じように仕事ができるか？」

「でも、やろうと思えば……」

「お前ができても、由佳子には無理だ。贅沢するのに慣れちまってるし、見栄もある。だいたい、節約だとか返済だとかを真面目に考えないから、借金が膨らむんだろうが」

志堂は呆れたように言った。

「これからは考えさせます」

「お前が言ったって無駄だって言ったろ。まともな人間なら返せるあてもないのに、二千万円もの負債を作ったりしない。しかも、生きていくのに必要だから仕方なく借りたんじゃなく、男に貢いで自分が贅沢するために借りた金なんだぞ？　大金だとビビってるのはお前だけで、由佳子はなんとも思ってねぇよ。ビビるような普通の感覚は、とっくに麻痺しちまってるんだ」

由佳子はもはや普通ではないと断言されて、雅人はぐっと詰まった。しかし、たしかに志堂の言うとおりではあった。

「姉さんを助けたいか、雅人。自分勝手で見栄っ張りで、先のこともお前のこともなにも考えてない姉さんでも？」

どこか楽しそうにさえ見える志堂を、雅人は睨むようにして答えた。

「もちろんです。俺にできることなら、なんでもするつもりです」

「よく言った。それでこそ男ってもんだ。お前が本当になんでもするなら、由佳子の借金は全部チャラにしてやってもいいぜ」

「え？　……なにをすればいいんですか？」

背筋を伸ばして、雅人は身構えた。

ヤクザの言うことだから、ろくなものではないはずだ。そして、ここからが志堂の本当の用件だったのだと、ようやく気がついていた。

由佳子を風俗で働かせたいなら、雅人に言わずに本人に言えばいい。由佳子が泣いていやがっても、ヤクザは気にせず新しい仕事場に放りこむだろう。

志堂はもったいぶって言った。

「だがなぁ、俺の話を聞いたらもう断れないぜ。コレならできますがソレならできません、なんて勝手は通用しない。それだけの覚悟があるか?」

どんなことをさせられるのかと雅人は緊張したが、自分が断れば由佳子は転職を余儀なくされるのだから、由佳子を助けるためには志堂が示すカードを選ぶしかない。志堂に呼びだされた時点で、歩く道は一本しかなかったのだ。

雅人はまだ幼い自分の世話を焼いてくれた高校生くらいの由佳子を思いだし、覚悟を決めて頷いた。

母親もいて、あのころが一番幸せだった。あの思い出があるかぎり、見捨てることはできない。たとえ大嫌いなヤクザにさせられる仕事でも、責任を持ってちゃんとやり遂げてみせる。

雅人はしっかりと顔を上げて、志堂を見た。

「なんでもやります」

「よく言ったな。そう難しいことじゃねぇよ」

志堂は満足そうに頷くと、灰皿で煙草を捻じ消し、

「俺の愛人になれ」

と言った。

意味がわからず、雅人はぽかんとして志堂を見つめた。

「愛、人……？　あなたの？」

「そうだ」

「姉じゃなくて、俺？　俺は男で……」

「お前だっつってんだろうが。お前が男なのは見りゃわかる。今日からお前は俺の家で暮らすんだ。その身体を使って俺を満足させるのがお前の仕事だ」

雅人は束の間呆けていたが、志堂が本気で言っていることを知って、全身を粟立てた。愛人というからには、志堂と肉体関係を結ばねばならないのだろう。

湧き起こってきたのは嫌悪感と、どこにぶつけていいのかわからない怒りだった。

しかし、自分はそれを承諾してしまったのだ。

「それは、どのくらいですか……？」

雅人は震える声で期間を訊いた。

「お前次第だな。服を脱いで裸になれ。お前にどれだけの価値があるか、確かめてやる」

3

事務所で全裸にされて品定めされた雅人は、すぐに服を着るように言われ、志堂の住まいである高層マンションに連れていかれた。

マンションはワンフロアすべてが志堂のものらしく、その広さと豪華さに圧倒されてしまう。天井は高く、廊下の壁にはよくわからないが価値のありそうな油絵が飾られ、ふと目につくところには高価そうな壷や置物が鎮座している。

案内されたのはリビングルームのようだった。とてつもなく広い空間で、落ちてきて下敷きになったら、確実に死ぬであろう巨大なシャンデリアが吊るされている。

その下にはふかふかした白いソファが置いてあり、そこにだらしないライオンのように寝そべり、壁際の大きなテレビを見ている志堂の様子が、雅人には容易に想像できた。

わかってはいたけれど、ヤクザのトップは相当儲かっているらしい。志堂にとっての二千万円は、雅人にとっての一万円程度の価値でしかなさそうだ。

世の中の不条理をまたも実感した雅人だが、ヤクザへの嫌悪感は強まるばかりだった。ヤクザである以上、この贅沢さは誰かの犠牲のうえに成り立っている。そんな生活に羨ましさは感じない。

「ここがお前の仕事場だ。あるものは勝手に使えばいいし、欲しいものがあったら買ってやるからなんでも言いな」

志堂はスーツの上着を脱ぎ、ソファの背に無造作にかけた。

「家には帰してもらえないんですか？　着替えを取ってこないと」

「必要なものはこっちで用意させる。家に帰った途端に里心がついて、早々に逃げられちゃ困るからな」

「……逃げません」

雅人はムッとして言った。逃げたいのはたしかだが、逃げてもどうにもならないのだ。

高校を卒業したとはいえ、自分はまだ子どもも同然で、人を救えるだけの財産や人を導けるだけの人生経験、思慮深さといったものはほとんどないけれど、自分でやると決めたことは最後までやり遂げるという程度の覚悟はあった。

「逃げたとしても連れ戻すけどな。逃げるだけ、体力の無駄になるってことを……」

「本当に逃げるつもりはありません」

雅人は、釘をさそうとする疑り深い志堂の言葉を遮り、

「姉に電話をしてもいいですか？　事情を説明しないと心配するので」

と訊いた。

ネクタイを解く手を止めて、志堂はしばらく無言でまじまじと雅人を見つめていた。

「……俺の言うことを途中で遮る度胸があるのは、お前くらいだぜ」

「不愉快にさせたなら、謝ります。でも、逃げるつもりがないのに、逃げたときのことを聞いても仕方がないと思って」

ぼそぼそしゃべるなと一度注意されたので、雅人ははっきり言った。

愛人になれとは言われたが、主人を崇めたてまつり、奴隷のようにへりくだって、口答えもせずに尽くせと命令されたわけではない。なにか文句を言われたら、そう開き直るつもりだった。

しかし、志堂はおもしろそうな笑みを浮かべた。

「べつに不愉快じゃない。肝が据わってるやつは俺も好きだからな。ただ、俺のことを嫁いびりに精を出す底意地の悪い姑みたいに思ってるんなら、大きな間違いだってことだけは言っておく」

「はぁ、そうです、か……?」

志堂の反応が意外だったのと、嫁と姑にたとえられる意味がわからず、つい微妙な返事になってしまった。

「お前のことなら、近藤がもう連絡してるだろう。姉貴の借金返済のために弟は俺のところで働くことになったから、当分家には帰らないってな。……そんな顔すんな。仕事が愛人だとは言わせてねぇよ」

雅人はホッとして、止めていた息を吐きだした。

「それでも、直接話しておきたいんです。姉は今までどおり、『シェリー』で働かせてもらえるんですよね？」

「ああ。あの手の女は堀田みたいな男に目をつけられやすい。しばらく、ママに見張っててもらったほうがいいだろう。電話はそこだ。好きなだけしゃべれ」

志堂は意外なほどあっさりと言い、電話機を指差した。

雅人はそれを丁寧に断ると、自分の携帯電話をバッグから取りだし、自宅にかけた。

『信博のこと、聞いてくれた？』

待っていたかのようにすぐに電話に出た由佳子に、開口一番そう訊かれ、雅人は鼻白んだ。

「松川組に引き渡したあとのことは知らないって。それより姉さん、借金のこと、どうして黙ってたんだ？　総額で二千万なんて、いったいなにに使ったんだよ」

『それは……、ごめんなさい、雅人が心配すると思うと言えなかったの。必要なお金だったのよ。雅人こそ、志堂さんのところで働くことになったって聞いたけど、本当なの？　私のことなら大丈夫、心配しなくていいのよ。雅人に迷惑をかけるつもりはなかったんだから』

「大丈夫って、なにが大丈夫なんだよ。返せるあてなんて、ないんだろう？」

『そりゃそうだけど、私だって働いてるんだもの、きっとなんとかなるわ。これまでだって、支払いを滞らせたことはないのよ。雅人、ヤクザは嫌いだって言ってたじゃない。雅人が私のためにいやなことをする必要はないわ』

「じゃあ、どうするんだよ？　どうするつもりなんだ？　これまでだって働いてたのに、借金は増える一方だったんじゃないか」

『どうって、すぐにはわからないけど。でも、なんとかなると思うの。志堂さんのところがいやだったら、無理しないでうちに帰ってくるのよ？』

雅人は唇を噛んで黙りこんだ。

由佳子はいつも優しい。だがそれはうわべだけの優しさで、なんの意味もないのだ。大丈夫大丈夫と繰り返されて、本当に大丈夫だったことは一度もない。

私がなんとかするわ、と言って、したこともできたこともない。最後には、自分が一番の被害者のような顔をして泣いて謝る。

その場しのぎで取り繕った優しさも謝罪も後悔も偽物でしかなく、失敗した経験から学ぶこともなかった。母親がいたころはまだましだったが、二人で、いや堀田と三人で暮らすようになってその傾向は顕著になったような気がする。

大好きな姉のことを、そんなふうに考えたくはない。捨てきれない肉親の情に、雅人は唇を噛み締めた。

「いやだからってやめたら、借金なんて何年経っても返せないよ。俺も頑張るから、姉さんもこれからは無茶なことをしないで。堀田がまた来ても、話を聞いちゃ駄目だよ」

『……わかってるわ』

そう答えるまでに、少しの間があった。

誰も頼れない、自分がなんとかしなければならないということを、雅人はそのわずかの間に実感した。また連絡すると言って電話を切ると、志堂が後ろに立っていた。

「由佳子がなんて言ったかは想像できる。俺が言うのもなんだが、あんな姉さん、見捨てて一人立ちしたほうがいいんじゃないか」

雅人は思わず苦笑した。

「昔からああだったわけじゃありません。朝から晩まで働きに出ていた母よりも、俺は姉に面倒をみてもらってきました。父親がいないぶん、母親が二人いるようなものでした。姉のことは見捨てられません。俺は男だから、しっかりしないと」

「立派すぎて涙が出てきそうだぜ。ま、十八やそこらで肉親を切れってのも無理な話か。お前が自分の仕事をきちんとこなしてくれれば、俺には文句はねぇよ」

志堂に頬を撫でられ、雅人は身体を強張らせた。

「なんだか初々しいな。女を抱いたことはあるか?」

「……ないです」

「男に抱かれたことは？」

「ありません」

「男に迫られたことはあるだろ？」

「……」

答えられない雅人に、志堂は楽しそうに言った。

「やっぱり。お前は男好きのする顔なんだよ。いくら目を逸らしたって、プンプン匂ってくる。男を惹きつけるうまそうな匂いがな」

「嘘だ！　勝手なこと、言わないでください！」

雅人はキッと志堂を睨み上げた。

「嘘なもんか。証拠に俺を吸い寄せたじゃねぇか」

「吸い寄せた覚えはありません。まるで俺が悪いみたいな言いがかりはよしてください」

怒られて殴られるかもしれないと思いつつ、これだけは譲れなくて雅人は強く言った。

「いちゃもんをつけるのはヤクザの仕事だが、これは言いがかりじゃなくて本当のことなんだがな。まぁいい。雅人、お前の仕事はもう始まってるんだぜ。シャワーを浴びるなら、バスルームはそこだ。俺がどこを舐めてもいいように、綺麗に磨いてきな」

怒るどころか、気味が悪いほど機嫌のいい志堂に促されて、雅人は重い足取りでバスルームに向かった。

そこは見たこともないような広さで、大理石でできた大きなバスタブと、隣にはジャグジーがある。ミストを噴出させる装置もあって、サウナにもできるらしい。

こんな状況でなければ、ここだけで一時間でも二時間でも遊べそうだ。

雅人はバスタブには浸からず、シャワーブースで頭のてっぺんから爪先まで洗った。男同士のセックスがどんなものかは浅い知識として知っている。

男どころか、女性とも未経験の童貞である自分に、愛人など本当に務まるのだろうか。

しかし、つまらない身体で楽しめないと志堂が飽きれば、仕事が終わるのが早くなる。まさか上手になるまで、ほかの男に抱かれてセックスを勉強してこいとは言わないだろう。

いや、ヤクザだから言うだろうか。

突っ立ったまま頭からシャワーを浴び、ぼんやりそんなことを考えていると、バスルームのドアが突然開いた。

「早くしろよ、待ちくたびれちまった。適当でいいから、さっさとあがれ」

綺麗に磨けと言ったくせに、志堂は逆のことを言い、自分が濡れるのもかまわず、服を着たままどかどかとシャワーブースに入ってきて雅人を連れだし、大きなバスタオルで包みこんだ。

そのまま手を引っ張られたが、雅人は動けなかった。

「しょうがねぇなぁ。そう怯えるなって。お姫様みたいに大事に抱いてやる」

「お、俺は女じゃありません」

「これからなるんだ。俺の女にな」

ひょいっと女の子のように横抱きにされて連れていかれたのは、ベッドルームだった。四人くらいなら余裕で眠れそうな巨大なベッドに、雅人はころんと転がされた。

のしかかってきた志堂にバスタオルを剥ぎ取られそうになり、思わず脚をばたつかせて抵抗してしまう。

「やっ、やめ……っ!」

「いい眺めだ。真っ裸もいいが、バスタオルの隙間からチラッと見えるのもいい。いいぜ、気がすむまで暴れてみな」

「……っ」

雅人の身体から力が抜けた。そんなふうに軽く言われると、抵抗するのも馬鹿らしいような気持ちになってしまう。

バスタオルが床に落とされた。恥ずかしいのか怖いのか、よくわからない。これから起こることを想像すると、心臓が壊れそうなほどドクドクと脈打った。

明々とつけられた照明が眩しくて、目を閉じる。志堂はこの明かりで雅人のすべてを見るつもりだろうから、消してくれと頼むのは無駄なことに違いなかった。

「そうやっていい子にしてな。事務所でお前を裸にしたときから、抱きたくてたまらなかった。若いだけあってピチピチしてるぜ。見ろよ、手のひらが吸いついていく」

隣に横たわった志堂は、雅人の腹の上に大きな手をぴたっと張りつけた。そのまま感触を確かめるように、上半身を丁寧に撫でる。

内科で触診でもされているようだ。もっと乱暴にされるのかと思っていたが、志堂の手つきはどこまでも優しい。

指先が乳首を掠めたとき、雅人はぴくっと反応した。

「ここが気持ちよかったか？」

「くすぐったい、だけです」

「余裕じゃねぇか」

おもしろそうに志堂は言い、柔らかい突起を乳輪ごといきなり摘み上げた。

親指と中指を使ってくりくりと転がされ、強く柔らかく変化をつけて揉まれてしまう。

「あうっ、く……っ、」

雅人は唇を噛み締めた。

じんわりとほのかな快感が湧き起こりつつあるのを、自覚せずにはいられなかった。

こんなところで気持ちよくなるなんて、自分でも信じられない。女にされるという意味の実感が、ここに至ってじわじわと湧いてくる。

屈辱的だった。女になんかなりたくない。

そう思うのに、雅人の小さな乳首はいつしか硬く尖り、志堂のわずかな動きにも反応を示すようになっていた。

「まだくすぐったいだけか?」

志堂にからかわれても、もうなにも言い返せなかった。

充血し、ジンと痺れてきた先端を、志堂はぺろりと舐めてから唇に含んだ。

「やっ……!　なに……っ」

しゃぶりつかれ、吸い上げられて雅人の背筋がぴんと反る。志堂の舌は押しつぶすように圧力を加えてきたり、もっと尖らせようと歯で挟んで引っ張ったりした。

「んっ、んんっ!　あぁ……っ」

雅人がどんなに身体を捩っても、志堂の唇は乳首に吸いついたまま離れない。

ときどき右と左を入れ替え、舌や歯を使って遊んでいる。空いているほうの突起は、休むことも許されずに指で弄られつづけていた。

今まで気にしたこともなかったそれは、志堂によって完全に勃起させられ、強く吸い上げられるたびに雅人の頭に小さな火花を散らす。腰が重くて、もどかしかった。

まるで乳首と性器が皮膚の下でつながっているみたいに、刺激が伝導してしまう。

「ああ……、も、いや……っ」

雅人はすすり泣くような声で訴えた。これ以上弄られたら、自分で性器を握ってしまいそうで怖かった。

志堂は散々遊んだ乳首からようやく離れ、

「感じやすい身体だな。胸を弄られたくらいで、こんなにしてどうするよ」

と言って、頭をもたげてぷるりと震えている雅人自身をいきなり握りこんだ。

「あっ！　あ……、ん……っ」

握られているだけなのに強烈な快感が全身を駆け巡り、雅人は咄嗟に自分を掴んでいる志堂の手首を両手で掴んだ。

それを人に触られたのは初めてだった。自分の手とは温度も感触も違う。離してほしくて手首を掴んだのか、もっと強く握ってほしくてそうしているのか、雅人にもわからなかった。

志堂は雅人の手を振り払うでもなく、好きに掴ませたまま、ゆったりと手のなかのものを擦りあげた。

「あ、ああっ……やめ……っ」

先端を親指で捏ねまわされて、思わず声が出てしまう。指の動きが滑らかなのは、自分がすでに少し濡らしていたからだろう。

「ここはやめてほしくなさそうだぜ？」

「んん……っ」

頼りない喘ぎ声で、雅人は志堂に抗議した。しかし、甘く掠れたそれが抗議だとは、志堂は気づきもしなかった。

昨日知り合ったばかりの男に触られても、身体はしっかり反応し、貪欲にもっと強い刺激を欲しがっている。

この男は自分の大嫌いなヤクザなんだと、雅人は愉悦に流されがちな頭で必死に考えた。自分の顔も見ないまま捨てた無責任な父親、姉と自分にヒルのように吸いついてきた堀田と、同じ世界で生きているろくでなしだ。

おまけに、男の愛人を欲しがるなんて変態ではないか。

強まる快感に腰を揺らし、シーツの上でのたうちながら、

「あぅ、ううっ、へ、ヘンタイ……っ」

と雅人は我知らず、脳裏に浮かんでいた言葉を口に出してしまった。

「変態？　それは俺のことか？　んじゃ、その変態に扱かれてアンアン喘いでるお前はどうなんだ？　こんなに濡らして、俺の手がどろどろじゃねぇか」

「やっ、そんなこと、言うな……っ」

あまりの恥ずかしさに、雅人は真っ赤になった。信じられないのは、下品な言葉で苛められたのに、そのことでいっそう身体が敏感になった気がすることだ。

いたたまれずに掴んでいた腕を離し、志堂を押しのけて背を向けようとする。

「逃がすかよ。本当のことだろうが。ここだって、吸ってほしそうに尖ったまんまだぜ。自分じゃわかんねぇなら、教えてやるよ」

言い終わると同時に、志堂は乳首にむしゃぶりついた。

「……っ！」

声も出ないほど気持ちがよかった。尖ったままだということは、舌先で捏ねまわされずともよくわかる。

雅人がとろとろ零している体液のぬめりを借りて、志堂の手の動きは次第に激しくなっていく。

勘所を押さえたいやらしい責め方に負けるまいと雅人は必死に堪えたが、乳首を甘く噛まれた瞬間にあっけなく陥落した。

片手で志堂の背を、もう片方の手でシーツを鷲掴みにする。

「あー……っ、んっ……ん……！」

熱い精液が勢いよく噴きだして、雅人の腹と志堂のシャツを汚した。身体が強張り、足の爪先までピンと伸びる。

雅人が達しても、志堂の指はゆったりと動き、残滓を絞り上げていた。

自分でするときは、そこまでしない。射精後の性器はいっこうに終わらないその刺激を、重く煩わしいように感じてしまう。

「……な、して、離してください」

荒い息遣いをなんとか整え、雅人は震える声で囁いた。

しかし、志堂は雅人自身を離そうとしなかった。

返事もせずに胸元に顔を伏せ、絶頂のご褒美でもくれるように、小さな突起を優しく舐め上げ、舐め下ろしている。

性器への愛撫もつづけられ、括れたところをくすぐられると、柔らかくなっていたそれが再びピクンと震えて兆しを見せた。

「ん、くっ……いやだ……っ！」

早すぎる回復にうろたえた雅人は、志堂の髪に両手の指を差し入れ、力任せに引っ張った。

「いててっ。こら、わかったから離せ」

志堂は顔をしかめ、名残惜しそうに雅人自身を解放した。

ようやく自分の身体が自分のコントロール下に戻り、ホッと安堵の息が漏れる。今の状況を受け入れるだけで精一杯の雅人の頬に、志堂の唇が寄せられた。

「男同士がどうするか、知ってるか?」

志堂が囁いた声は、低く掠れていた。

閉じていた目を抉じ開けると、志堂の顔は思った以上に近くにあった。男らしく整った、大人の男の顔だった。

雅人は小さく頷いた。不揃いな睫毛が長いことを意外に思い、瞳の色や通った鼻筋、少しこけたように見える頬のラインをじっと観察する。

その間、志堂も雅人を見つめていた。

「お前は本当に綺麗だな」

感心したように呟かれ、雅人はそっと瞼を閉じた。

次に触られるのはどこだろう。不安に怯える雅人の唇に、温かいものが触れた。

思わず唇を固く引き結んだ雅人を、志堂がクスッと笑う。これが初めてのキスだということに、気づかれてしまったのかもしれない。

羞恥でカッとなった雅人は、束の間元気を取り戻し、志堂の肩を叩いて押しのけようとした。

大嫌いなヤクザの唇なんて、砂を噛んだほうがましなくらい気持ちが悪くて当然なのに、深く重ねられ強く求められて、力が抜けてしまう。

熱心な愛撫を受けた雅人の唇は柔らかく蕩け、侵入してきた男の舌を喘ぎながら受け入れた。舌と舌が絡まり合い、痛いほど吸い上げられる。

やがて、志堂の唇は唾液の糸を引かせながら離れていったが、雅人は唇をうっすらと開かせ、白い歯の間から赤くなった舌先を覗かせていた。舌や口内を弄られてこんなに感じるなんて、知らなかった。未経験の雅人には知らないことばかりだけれど、それでも意外すぎる。

「男も知らねぇ子どものくせに、一人前に色っぽい顔をしやがる。俺を煽ってどうするよ」

志堂はそう言いながら、雅人の首筋から胸元、下腹部までを唇でたどった。

「やっ……！」

先ほど腹の上に散らした精液を舌で舐め取られて、雅人は腰を捩った。うまそうに舌なめずりをしている志堂の顔など、見ていられない。

「俺はこういうのを使うのは好きじゃないんだが、慣れるまでちょっとだけ、な」

そう言って、志堂はサイドテーブルから小さな容器を取りだした。

とろっとした液体が志堂の指にたっぷりと絡まり、それが雅人の脚の間に差し入れられた。

「あ……っ！」

秘めておきたい窄まりに触れられて、雅人は身体を跳ね上げた。

我知らず、後孔をきゅっと引き締めてしまったが、ぬるついた志堂の指は固く閉じた入り口を撫でまわし、苦もなく指を一本入れてきた。

「んぁ……っ！」

「痛くねぇから、力抜いてろ」

志堂の指がなかに入ってきて、動いている。

「い、いやっ……なに、これ……？　やぁ、あ……熱い……っ！」

雅人は目を見開いて、背筋を仰け反らせた。

入り口もなかも、志堂に触れられているところが燃えるように熱い。それどころか、直接触れられてもいないのに、内側からの熱に連動して、雅人自身が勃ち上がっていた。

「いいぞ、柔らかくなってきた。お前のなかは具合がよさそうだ」

「あっ、ああっ」

志堂の言葉は耳に入ったが、意味までは理解できない。こんなところに指を入れられて感じてしまうなんて。

これはきっと、先ほど志堂が指に絡めていたあの液体のせいだろう。催淫効果のある媚薬なのかもしれない。雅人はたまらなくなって、自分の性器に手を伸ばそうとした。

「駄目だ。今は後ろだけで感じるんだ」

「……！　うぅ……くっ」

ひどいと抗議することもできず、志堂に払いのけられてしまった手を、雅人は腹の上で握ったり開いたりした。

もどかしさのあまり、後孔が志堂の指を締め上げてしまい、その感触でさらに感じてしまう。

雅人の身体が柔らかく蕩けていく間に、志堂の指も一本ずつ増えていき、三本揃えて抜き差しされるようになっても、雅人は甘く喘ぎつづけていた。

身体が疼いてたまらない。放っておかれて震えている性器ではなく、志堂に弄られているところでもなく、もっと奥が疼いているように思える。

そこは、あると思ったことさえない、雅人がまったく知らない場所だ。

「やだっ、もう……や……っ」

初めての感覚に怯えて、雅人はすすり泣いた。

零れた涙を熱い舌で拭い取られ、ふと瞼を押し上げると、志堂の顔が目の前にあった。含まされていた指が、ずるりと引き抜かれる。

「お前を、俺のものにする」

真っ直ぐに雅人を見つめる志堂の目は、欲情で暗く霞んでいた。

脚を大きく開いて恥ずかしい窄まりを男に好きに弄らせ、腹につくほど反った自分自身から熱い液体を零している雅人の情けない姿に、彼はひどく興奮しているらしい。

烈しい眼差しを向けたまま、ズボンの前を寛げて隆々とした男性器を取りだし、雅人の両脚を抱え上げて、指で解した後ろに押し当ててきた。

「あ……あ……っ」

触れ合った瞬間、雅人のそこがきゅっと窄まった。

力が抜けるのを待って、志堂の先端が雅人のなかに入ってくる。指とは比べ物にならないくらい大きく、熱かった。

全部入るわけがないと思ったが、志堂の腰がゆっくりと進められるごとに、雅人の未知の部分が開いていく。何度か行きつ戻りつしながら、志堂のすべては雅人のなかに収まってしまった。

「痛いか？」

掠れた声で訊かれ、雅人は首を横に振った。

受け入れているときは痛かったけれど、つながってしまってから感じたのは、熱さのなかに潜んでいた快感だった。狭いなかを男の欲望で押し広げられ、密に触れ合っているところから、じわじわと愉悦が湧き起こってくる。

「あぅ……っ、や、あー……っ」

股間に居座っている男の腰を挟み、太腿を擦り合わせて身悶える雅人に、志堂が笑み交じりに囁いた。

「動いてやるから、そう焦るな」

「……！　んーっ、やっ、や……っ」

雅人は思わずカッとなって、志堂の肩を突き飛ばした。まるで自分から男を求めているように言われるのは、我慢ならなかった。

身体はすでに男の逞しいもので貫かれ、頭のほうも正常に働いているとは言いがたかったが、だからこそ、些細なことでも辛抱ができない。

「どうした。急に暴れて、野良猫みたいなやつだな」

突き飛ばされてもびくともしなかった志堂は、怒る雅人をあやすように抱き締めて、腰を突き上げ始めた。

埋めこまれていたものが引いていき、また押し戻される。指とは全然違っていた。ずっしりと重いものが、勢いをつけて奥まで入ってくる。

「あっ、あぁっ、あっ」

雅人はすぐにその律動に呑みこまれ、突き飛ばした男の肩に、今度は両腕をまわしてしがみついた。硬い性器に擦られて、内壁が燃えるように熱くなっていく。

こんな熱さは知らない。性器への刺激だけでは絶対に味わえない深い愉悦が、身体の奥から全身にまわっていく。

まるで甘い毒のように、じんわりと。

「いや……っ、……めて、やめて……っ」

志堂のシャツをくしゃくしゃに握り締め、皺になった布地の上から爪で引っ掻きながら、雅人は必死になって懇願した。なんだか、知らない場所に飛ばされてしまいそうで怖かった。

この先に待っているものが、雅人にはわからないのだ。

「いい子だ、雅人。怖くねぇよ、俺にしがみついてろ」

息遣いは荒かったが、掠れた志堂の声は優しかった。彼がどんな男で、自分がなにをやらされているのか、もはやなにも考えられずに、雅人は志堂にしがみついた。

「……っ、んん……っ」

四肢を絡めて、いっそう速くなった力強い律動に耐える。

二人の腹の間で擦られ、はちきれんばかりに膨らんでいる雅人自身を、割りこんできた志堂の大きな手が包みこんだ。

「ああっ！　やっ、ああっ」

直接的な刺激で一気に高まった雅人は、一番深いところを志堂に突かれて、絶頂に達した。

跳ね上がる身体を痛いほど抱き締め、志堂も雅人のなかに熱い精液を注ぎこんでいる。敏感になった粘膜は、射精で脈打つ男の性器の動きをはっきりと感じ取ってしまう。

雅人はその生々しい感触を、志堂の肩に噛みつくことで堪えた。


志堂に抱きかかえられて、雅人はバスルームに連れていかれた。抜かないまま二度つづけて抱かれてしまった雅人の身体は、一人では歩くこともできないほどだった。

志堂が丁寧に抱いてくれたので、疲れてはいたが、苦しかったりつらかったりするわけではない。

先にバスタブに入れられ、瞼を閉じて心地よい温さの湯に身体を浸していると、眠ってしまいそうになる。

起きなければとふと目を開けたら、湯煙のなかに忽然と龍が出現していた。

雅人を抱いている間、志堂はシャツもズボンすら脱がず、雅人もそれを気にする余裕もなかったから、気づかなかったのだ。

眠気もだるさも一瞬で吹き飛び、ハッと息を呑んだ雅人の全身に鳥肌が立った。

玉を掴んだ背中の大きな龍は、長い胴体をくねらせ膝の下まで尾を伸ばし、左腕には別の龍が巻き上がり、頭を肩に乗せてこちらを睨んでいる。

「どうした。お前と違って、俺の龍は噛みつきもしないし、引っ掻いたりもしないぞ。噛みつかれたからって、怒って火を噴いたりもしない」

それが志堂の軽口だと気づくのに、少し時間がかかった。快感に怯えた雅人が背中に爪をたてたり、感極まって肩を噛んだりしたことをあてこすっているらしい。

志堂は恐ろしさで硬直している雅人の身体を泡だらけにし、綺麗に洗い流した。壁面の大きな鏡は志堂の背中を映して雅人に見せ、志堂が腕を動かすたびに小さな龍も動く。

それは彫られたものとは思えず、肌の上に違う生き物を飼っているように見えた。

「ずいぶんおとなしくなっちまったな。そんなに怖いか？」

バスタブから湯を抜きながら、志堂が言った。

こんなに大きな彫り物を目にしたら、普通の人間なら怖いと思うだろう。だが雅人は、素直に頷くのが癪に障って否定した。女のように意気地がないと笑われるのもいやだった。

「ちょっと、びっくりしただけです。……初めて見たから」

「そうだな、堀田には墨を背負えるほどの度胸も根性もなかっただろうな」

「一緒に温泉やプールに行けなくなるから、お前のために入れないんだって、姉に言ってるのを聞いたことがあります」

志堂は鼻で笑った。

「信じてんのか？」

「姉はたぶん」

「馬鹿じゃねぇのか、二人とも」

由佳子への非難を聞き流し、雅人は志堂の肩に恐る恐る手を伸ばした。

指先が龍の口に触れた瞬間に、志堂は、

「ガオッ！」

と唸って、雅人の鼻に柔らかく噛みついた。そして、悪戯が成功した子どものように笑って、雅人が尖らせている唇に何度もキスをしてくる。

「噛まないって言ったくせに……」

驚いてビクッと跳ね上がってしまった恥ずかしさを隠すために、雅人は上目遣いに志堂を睨んだ。

「びっくりしたか？」

「……志堂さんの子どもっぽさにびっくりしてます」

「ベッドのなかじゃ、大人の男だったのに？」

耳元で囁かれた低い声に、雅人はぞくりとして背筋を震わせた。

たしかに彼は大人だった。肩幅は広く、全身が筋肉で覆われ、その見事な張りが墨の龍に生命を与えているようだ。がっしりして逞しい体躯は、自信に満ちてふてぶてしい。

細身ながら、雅人もボクシングで鍛えていたが、志堂の肉体を見ると、自分が貧相な子どもに思えて仕方がなかった。職業がまともで、彫り物と金で愛人が買える倫理観を持っていなかったら、こうなりたいと思う理想の男だったかもしれない。

「どうしてヤクザになったんですか」

志堂に子どものように驚かされて緊張が緩み、雅人はぼんやりとそんなことを訊いていた。

「さぁ、どうしてだろうな。なりたいとも思ってなかったが、いつの間にか組に入ってたな。この世界の水が合ってたんじゃないか」

志堂は他人事のように言った。身体に泡の残骸を残して湯が抜け落ちると、シャワーヘッドを掴んで、雅人の上に温かい雨を降らせてくれる。

「ほかに、やりたいことはなかったんですか」

志堂に喧嘩を売っているような質問だと、雅人は言ってから気がついた。さすがに怒られるかと思ったが、志堂はおかしそうに笑った。

「いい服が着たい、いい車に乗りたい、いい女とやりまくりたい。やりたいことがあるから、ヤクザになるんだろうよ。だが、下っ端でいるうちは、いい服いい車いい女なんて夢のまた夢だ。世渡りと金儲けのうまい、頭のいいやつだけがのし上がっていって、なにもかも手に入れる。あとは度胸と運だな」

「あまり、理解できません。女を泣かせるのもステータスですか」

「俺は女を泣かしたことはねぇよ。男はあるけどな」

志堂はそう言って、雅人の目尻をそっと指先で撫で、

「姉貴のことを言ってるんだろうが、由佳子はべつに泣いてないだろ。自分が好きであんな男に貢いでるんだから。そのせいで弟を泣かせても、知らん顔ができる。苦労するとわかってるのに極道にばかり惹かれちまう。そんな女もいるんだよ」

としゃあしゃあと言った。

「女のせいにしないでください。食い物にされる女が悪いんじゃなくて、食い物にする男のほうが悪いんですよ。食い物にされたくて、片っ端から危険な男に惚れてまわる女はいません」

「そりゃそうだが、なんでそんなに怒って……そういえば、お前の親父さんもヤクザだって言ってたな。怨みつらみがあるわけか。覚えてること全部、話してみな」

志堂は泡が流れたバスタブに、新たに湯を張り始めた。雅人を軽々と抱き起こし、くるっと半回転させて自分の膝の上に乗せる。

「お、思い出とか、そういうんじゃないんです。おもしろい話じゃないし」

雅人はもぞもぞと腰を動かした。バスタブの固い底よりも座り心地はよかったが、尻の間に男のものが当たっていて居心地が悪い。

「いいから話せよ」

背後から雅人をがっちりと抱えた志堂は、話すまで離してくれそうになかった。なぜそんなことを聞きたがるのかわからないまま、雅人は首を傾げてぽつぽつと語った。

母、敦子は由佳子の父と結婚していたが、悪性腫瘍が原因で由佳子が四歳のときに死別したと聞いている。若いだけに進行が早く、倒れてからはあっという間だったそうだ。

由佳子を一人で育てるためにホステスをしていたとき、竹内という名のヤクザとつき合うようになり、二年後に雅人を身ごもった。再婚を望んだ敦子に、竹内はそこで初めて自分に妻子がいたことを打ち明けたという。

妻の怒りを恐れて、なんとか金で解決しようとする竹内に敦子は失望し、その場で別れを決意した。

「あんたのことを男のなかの男だと思ってたけど、勘違いだった。慰謝料も養育費もいらない。その代わり、この子の父親だとは思うな。綺麗さっぱり縁を切ってやるから、私とこの子の人生から消えてくれ。母はそう啖呵を切ったそうです」

「その竹内って男にか」

「はい。母はそういうことをしゃべらなかったので、全部、姉に聞いたんですけど。俺が生まれたとき、姉はもう八歳でしたから」

当時、住んでいた安いアパートは壁が薄く、別れ話になったため外に出された由佳子の耳にも、敦子の声が聞こえてしまったらしい。

そして、それ以降、竹内は二度とアパートを訪れなかった。

「父親には会ったことはないのか？　一度も？」

「連絡をもらったことも、会ったこともないです。竹内って名字しか知らないし。お腹にいるときに別れてそれっきりだから、向こうも俺が本当に生まれたかどうか知らないのかも」

「俺なら調べるぜ。放っておけるわけがない。産む前にどれほど強気な啖呵を切ったって、産まれちまえば女の事情も変わる。赤ん坊を抱いて、女房子どものいる家に押しかけられたら地獄より怖い修羅場が待ってるからな」

「母はそんなことしませんよ」

ムッとして振り返った雅人の耳を、志堂はあやすように舐めた。

「お前はもうちょっと女を勉強しないとな。由佳子はどうだ。由佳子なら竹内を覚えてるだろう。おふくろさんがお前を身ごもるまでの二年ほどの間、竹内とそれなりに接触はあったはずだ」

「遊んでもらった記憶はあるけど、下の名前は知らないし、顔も薄ぼんやりとしか覚えてないって言ってました。俺も知りたいとは思わなかったんで、詳しく訊いたこともないです」

「知りたくなかったのか？」

訊き返されて、雅人はうっすらと笑った。

「子どものころはそう思ったときもありました。でも、うちでは父といえば、死んだ姉の父のことで、俺の父の話になると母は不機嫌になるし、姉もあまりいいようには言わないから。話題にしづらいっていうか……」

雅人が最低な父親を恋しがることを、敦子と由佳子は許さなかった。それは二人に対する裏切り行為も同然だった。

そのうち雅人も、妻子がいながら母を弄んだ男に嫌悪感を抱くようになり、会いたいなどという気持ちは失せてしまった。

「なるほどな。わかった」

「わかったって、なにがですか」

「由佳子に育てられたお前はヤクザが嫌いで、由佳子はヤクザが大好きってことだ。お前にヤクザを嫌うように仕向けたくせに、不思議な話だよなぁ」

志堂は謎かけのように呟き、湯からあがるように雅人に言った。ざっと身体を拭くと、雅人を抱いて寝室とは違う部屋に入っていく。

そこはゲストルームのようで、普通のダブルベッドが置いてあった。

清潔だが、ピンッと張ったシーツの冷たさに、雅人は震えて身を縮こませた。

隣に潜りこんできた志堂が、そんな雅人を腕のなかにしまいこむようにして抱き締めてくる。絡められた脚は温かかったけれど、お互いに裸のままで、雅人の性器は志堂の腰骨に、志堂の性器が雅人の太腿に当たっていた。

雅人は抱き寄せられるまま、石のように固まっていた。太腿から伝わる志堂のそれが、やけに熱く硬い気がするからだ。

「寝ていいぞ。今日はもうなにもしねぇよ」

志堂はすでに、寝る態勢に入ってしまったようだった。

裸で男と抱き合ったままで眠れるはずがないと思っていたのに、雅人もいつの間にか肩の龍に頬をくっつけて眠りに落ちていた。

翌日の昼過ぎ、きっちりとスーツを着こんだ志堂が部屋に入ってきて、雅人は閉じていた瞼を押し上げた。

身体が熱を持ったように重くて、だるかった。弄られすぎた乳首と性器はジンジンと疼き、尻の間にはまだなにか挟まっているような気がする。

朝になって目を覚ました途端に、三度目のセックスを求められたからだ。

寝惚け眼で抵抗してみたものの、志堂の濃厚な愛撫の前ではひとたまりもなく、昨夜開かれたばかりだというのに、雅人の後孔はすでに志堂に馴染んでしまったかのようにすんなりと志堂自身を受け入れてしまった。

朝から元気な志堂は、それですっかり機嫌をよくしたらしい。

昨日よりももっと深いところまで押し入ってきて雅人をよがり泣かせ、ベッドから起き上がる元気を奪い去ったばかりか、

「抱かれるごとによくなってきてるんだろう？　若いのに、好きもののいやらしい身体をしてる。二千万じゃ安いくらいだ。どんな男でも夢中になるぜ」

と寝言をほざいたのだった。

あんまりな言い草に、できることなら無防備な肝臓に一発入れてやりたかった。雅人は奥歯を噛んで堪え、頭のなかで肝臓と急所を連打し、みっともない悲鳴をあげてエビのように背中を丸める志堂を想像することで憂さを晴らした。

寝る前にバスルームで身体を洗ってくれた志堂が、下品なことも嫌みなことも言わずに雅人の身の上話を聞いてくれたりして、なんだか優しかったものだから、油断していた。

彼の優しさは、雅人をより具合のいい抱き人形に改造するための偽りでしかない。

一人でシャワーを浴びて身支度を整えた志堂は、ベッドに腰かけて雅人の頭を撫でた。

いやがって逃げても、追いかけてくる。まるで、気に入りの猫を撫でているようだ。手首には昨日とは違う腕時計が巻かれていた。

「もっとお前を抱いていたいが、今日は出かけなきゃならん用事があってな。夜には戻る」

「……バイトがあるんで、行ってきてもいいですか？」

叫びすぎて掠れた声で、雅人は訊いた。

昨日からの怒涛の展開で、朝から夕方まで入っているコンビニは無断欠勤してしまった。せめて、夕方からのレンタルショップのバイトは行っておきたい。

「お前のバイト先には、昨日のうちに連絡させといた。辞めるってな」

「……！　そんな、勝手に……っ！」

雅人は飛び起きようとしたが、腰が身体を支えきれず、ベッドに沈んだ。

「無理すんな。お前は俺の愛人になったんだぜ。バイトに行ってる時間があれば、俺の相手をしろ。それがコレ分の義務ってもんだろうが」

志堂はピースサインのように、指を二本立てた。

「じゃあ、志堂さんがいない間はなにをすればいいんですか」

雅人は志堂を睨み、反抗的な口調で言った。

「男を喜ばせる方法でも勉強しとけ」

冗談じゃないと叫びかけた雅人の口に、志堂は片手でそっと蓋をした。

「冗談だ。興奮すると身体に響くぞ。とりあえず、今日はおとなしく寝てろ。ドアの外には組の若い衆がいるから、用事があれば呼びつければいい。なんでも言うことを聞いてくれるはずだ。お前は俺の一番新しい愛人だからな」

いちいち、いやな言い方をする男だった。

借金を返済するために愛人になることを選んだのは自分だが、ことあるごとに確認させられるのは愉快ではない。それでなくても、好きでもない男に抱かれて喜びを得てしまったことで、自己嫌悪に陥っているというのに。

「ヤクザの会長の愛人になったからって、俺が偉いわけじゃないことくらいわかります。自分でできることは自分でやりますから」

雅人がむっつりと主張したとき、空腹を訴えていた腹の虫が鳴いた。誤魔化しようもないくらい大きな音で、この状況でも食欲を忘れない自分の身体には、ほとほと幻滅してしまう。

「昨日の晩から飲まず食わずで頑張ったもんなぁ。なにか食べたいものはあるか？　すぐに買いに行かせる」

「……それじゃ、ハンバーガーとコーヒーをお願いします」

「なんだそりゃ。寿司でもステーキでもなんでも食わせてやるぞ」

「ハンバーガーがいいんです」

「そうかい。十代の若者の好みはわかんねぇな」

そうぼやいた志堂は、いつの間に持ちこんだのか、大きな紙袋を示し、

「届くまで服を着て待ってろ。着替えはここに入ってる。俺以外の男の前で裸になるんじゃねぇぞ。わかったな」

と念を押した。

——あんた以外の男の前で裸になってみせたら、俺が変態扱いされるだけだよ。

言い争うのが面倒で、心のなかでそう思いながらも雅人は頷いた。

「いい子にしてれば、今晩また可愛がってやる」

「……してなかったら？」

「もっともっと可愛がってやる。悪い子になってもいいぞ」

志堂は悪い顔でにやっと笑うと、上掛けをまくって雅人の上半身を満足そうに眺め、柔らかい乳首を指先で摘んだ。

「んっ」

朝から抱かれて敏感になっていた身体は、すぐに反応してしまう。たった三回の性交だが、キスの仕方や男の受け入れ方、抱かれながら達く感覚とタイミングなど、学んだことは多い。

それは、雅人がまったく知らなかった世界であった。知りたくもなかったたし、馴染んでいきたくもないのに、触れられると身体が快感を求めて突っ走ってしまう。

自分の身体が自分のものでなくなってしまったような喪失感。得たものは、望んでもいなかった肉欲の満足感で、それが雅人をいたたまれなくさせる。

「……っ、……ん」

両方の乳首を硬くなるまで転がされ、雅人は声を喉で殺して身体を捩った。志堂はこれから出かけるのだから、雅人を抱こうと思って弄っているわけではない。

自分だけが興奮している恥ずかしさ、それも乳首だけで腰を疼かせる情けなさに、涙が滲んでくる。

手慰みにいたぶられて、みっともなく喘ぐ自分を笑いものにされているのだ。そう思ったとき、ふと志堂の手が離れ、噛み締めた雅人の唇に優しく触れるだけのキスが落とされた。

「お前を見てると、どうにも触りたくてしょうがねぇ。どこもかしこも、お前が可愛いのがいけないんだぜ。乳首をこんなに尖らせて俺を煽りやがって」

素晴らしい責任転嫁に、雅人は呆然と涙で霞んだ目を見開いた。

志堂は未練がましく、しゃぶりてぇとか、行きたくねぇなどとぶつぶつ呟いていたが、最後に雅人を強く抱き締めて、ようやく出ていった。

雅人を弄んで、嘲笑するのではなかった。

志堂は雅人の身体が気に入り、触りたくてたまらず、興奮した雅人を見て欲情するらしい。

「気に入られちゃったら、マズいんじゃないの……」

雅人は天井を見上げてひとりごちた。定められていない愛人期間は、雅人の身体次第なのだ。

しかし、なにも知らなかった雅人は、志堂を喜ばせようとした覚えもなければ、喜ばせる方法も知らなかった。ただ、志堂にされることを必死で受け止めているだけで、ここまで気に入られてしまったのなら、前途は多難だ。

今後の計画を立てる必要があるが、今は頭がまわらない。雅人は赤く色づいている胸元を見ないようにして、そろそろと身体を起こした。

志堂が持ってきた紙袋を掴んで逆さにしてベッドの上で振ると、ブランドのロゴの入った下着、シャツ、ジーンズなどがどっさりと出てきた。

気が進まなかったが、これも愛人業務の一環と諦めて身に着けた。

皺ひとつないパリッとした綿のシャツに、真新しいジーンズを穿き、裸足のまま歩行困難になった老人のようによたよたと歩いて部屋を出る。

ようやくたどり着いたリビングの隣のキッチンにある巨大な冷蔵庫には、酒と酒のつまみしか入っていなかった。

「さすがヤクザ。不健康な生活してるよ」

雅人はなんとかミネラルウォーターのビンを見つけだし、一気に飲んだ。

冷たい水は身体の隅々まで行き渡り、セックスによってカラカラに乾いた細胞を生き返らせる。命の水によって固まっていた脳も柔らかくなり、さまざまなことに思考がまわり始めた。

由佳子の借金のこと、堀田のこと、れい子のこと、志堂のこと、そして自分のこと。

安定した生活を得るために、雅人には司法書士になりたいという夢があり、高校卒業後は大学なり専門学校なりに通って資格を取るつもりだった。

母が準備してくれていた学資保険は、雅人の進学を手助けしてくれるはずだったが、突然の死とその後に転がりこんできた堀田が、すべてを変えてしまった。

私が代わりに払うから必要なだけ言ってちょうだい、と由佳子に言われても、自分の学費を払ってくれなどとは、口が裂けても言えなかった。

学資保険はなかったものと考え、自分で働いて資金を貯めてから勉強しようと気持ちを切り替えて、少しずつ夢に向かって前進していたのに。

「もっと殴ってやればよかった、あんなクズ」

雅人は堀田を罵った。

ヤクザであることを恐れない同業の男たちに痛めつけられるのを見て、怨みがスッと晴れた気がした。これで、盗まれた金が戻ってきて、由佳子の借金が少しでも減ればいいのだが、そんなに都合よくはいかない。

由佳子はなにを考えて、二千万円もの借金を作ったのか。友人に千円借りただけでも気になって、一日でも早く返したいと思う雅人には、次から次へと借金を繰り返しながら、それでも平然と笑って生活しつづけられるという、その神経が信じられない。

一人きりの姉を見捨てることができず、雅人がそれを肩代わりしてしまったが、この選択が正しかったのかどうか、雅人には判断できなかった。由佳子を反省させ、狂った金銭感覚を正常に戻すには、肩代わりという方法はあまり賢明でないようにも思う。

「だけど、ほかにどうすればよかったんだよ……」

ふかふかしたソファに猫のように丸まり、鬱々と考えこんでいると、インターフォンが鳴った。ハンバーガーが到着したのだろう。

鍵を開けて出迎えた雅人の前に立っていたのは、運転手をしていたテツと、テツと同い年くらいの見知らぬ男だった。

「ちわっス。会長に言われて、食事持ってきました」

「テツさん、ですよね。わざわざありがとうございます」

袋を受け取って雅人が礼を言うと、テツはニカッと歯を見せて笑った。

「覚えててもらって嬉しいっス。西村《にしむら》テッです。近藤の兄貴の舎弟やらしてもらってます。こいつは俺の兄弟分の池田《いけだ》拓郎《たくろう》って言います」

「タクって呼んでください。よろしくお願いします」

「こちらこそ、よろしくお願いします。俺は芳丘雅人です」

「雅人さんのことは兄貴から聞いてます。歳も近いんで、俺たちがお世話させてもらうことになりました。なんでも言いつけてください」

テツは笑うと、細い一重の目が線のようになる。ヤクザにしては気のよさそうな、どこか憎めない風貌を、雅人は困惑して見つめた。

「俺の世話なんて必要ないと思いますけど」

「今はなくても、そのうちできるかもしれません。これから俺たち、掃除があるんでちょっとバタバタしますけど、雅人さんはゆっくり食べてください」

そう言って二人が寝室に向かうのを見た雅人は、ハンバーガーを廊下に置いて慌てて追いかけた。

「ちょ、ちょっと待って！　掃除って、掃除って……？」

「シーツとかタオルとか、新しいのと交換するんです。すぐにすみますから」

「俺がやります！」

雅人は先まわりをして、寝室のドアの前で立ち塞がった。

乱れに乱れて媚薬やら精液やらも染みこんだ、あからさまに激しいセックスをしました感のあるシーツを、他人には見られたくない。それに、朝に抱かれたせいで、ゲストルームのベッドも汚れてしまっている。

場所まで変えて、どれほど淫らな男だと思われるだろう。

「いや、そのお気持ちは嬉しいんスけど、雅人さんにそんなことをさせたと知れたら、俺たちが会長に怒られます」

「怒らないように俺が頼んでみます。汚れたものは俺が責任持って洗濯しますから。洗濯機の使い方、教えてください」

必死に食い下がる雅人に、テツは困ったように首を傾げて言った。

「ここには洗濯機、置いてないっスよ」

「ええっ！」

こんなにも豪華なマンションなのに洗濯機がないという事実に驚愕した雅人の隙を突いて、テツとタクは寝室に入ってしまった。

真っ赤になった雅人を取り残し、二人は黙々と自分たちの仕事を開始した。

4

「洗濯機を買ってください」

その夜、上機嫌で帰宅した志堂を玄関先まで出迎えて、雅人は訴えた。

靴を脱ぎかけていた志堂は、そのままの格好で雅人を見た。

「なんで洗濯機なんだ？」

「この家にないからです。俺が着たものも洗えないし、その……タオルとかシ、シーツとかも、俺は自分で洗いたいんです」

「お前が洗わなくたって、若い衆がちゃんと……」

「俺が洗いたいんです！」

これだけは絶対に、なにがあったって譲れないという決意が伝わったのか、志堂はあっさりと頷いた。

「欲しいなら、なんでも買え。必死な形相で飛びだしてくるから、何事かと思ったぜ。昼間に呼んだのは、テツとタクだったな。あいつらがお前の気に入らないことでもしでかしたのか？」

「違います。テツさんとタクさんは、優しくていい人でした」

志堂のあとについてリビングまで歩きながら、雅人は昼間のことを思いだして、ほんのりと赤面した。

寝室に入ったテツとタクは、乱れたベッドに汚れたシーツ、丸まったまま落ちている何枚ものタオルを見てもなにも言わず、いやそうな顔もしなかった。

だが、昨晩になにが起こっていたかは明白で、雅人のほうがいたたまれなくなって、途中でリビングに逃げこんだ。

空腹だったはずなのに、羞恥と焦りが胃袋を満たし、水の一滴さえも喉を通りそうにない。

永遠とも思えるような時間が過ぎて、回収したものを持ってタクだけが先に出ていき、残ったテツは顔も上げられないでいる雅人に気の毒そうに話しかけた。

「ほかに用事はないですかね？　欲しいものがあったら、すぐに買ってきます」

今すぐ欲しいものは洗濯機だ、と思いつつ、雅人は無言で首を横に振った。

「あー……えっと、詳しいことは知りませんが、あんまり気にしなくていいっスよ。会長や兄貴のお世話をさしてもらうのは当然のことっスから。それに、どんな用事でも、会長の部屋に入れてもらえるってだけで、俺たちみたいな下っ端は嬉しいんです。無造作に高級品が置いてあるんで、緊張もしますけどね」

微妙な沈黙を持て余したのか、テツがそんな話をしてくれた。

セックスの対象が男であることに驚かないばかりか、こんなことには慣れていると言いたげなテツに、雅人は思わず訊いた。

「あの人、ホモなんですか」

テツは目を剥いて仰け反った。

「うわっ、ズバッときましたね。いや、ホモってわけじゃなくて、近藤の兄貴が言うには、女も好きだけど男のほうがもっと好きってことらしいです。とくに線の細い、若くて綺麗な男が好みだそうで。会長もあのとおり男っぷりがいいから、飲みにでも行こうもんなら、会長に声をかけてもらおうと男も女も我先に寄ってきて鈴生りです」

「……ってことは、俺のほかにもたくさんいるんでしょうね」

雅人はそのことに、ようやく思い至った。

ヤクザの会長が一人の愛人で満足するわけがない。自分以外にも囲われているものがいるのは当然で、そのことは雅人をさらに落ちこませた。

愛人は愛人でも、たった一人の愛人と、複数の愛人のうちの一人では、自分の情けなさの度合いが違う。愛人の数だけ、自分の人間的価値が薄まっていくように思えた。

借金を返すためにだけ抱かれている自分の価値とはいったいどのようなものか、雅人自身にもよくわからなかったが。

雅人の言葉を、テツは勘違いしたようだった。

「大丈夫っスよ。会長の女関係は……つーか、男関係？　はあんまり詳しくないんですが、自宅マンションまで連れてきて住まわせるってのは、俺が知るかぎり初めてです。雅人さんは特別扱いされてると思いますね」

「特別扱いだなんてそんな……」

雅人は苦笑した。

貢がれて贅沢が許される立場の愛人と違い、雅人は二千万円分の奉仕をしなければならないのだ。普通の愛人のように、マンションを買ってやったり生活費の面倒をみていては、借金はかさむばかりである。

「すいません。俺、余計なこと言っちまって。だけど、雅人さんくらい綺麗だったら、ほかのどんな男や女が束になってかかってきても負けませんよ」

「俺はべつに、綺麗じゃないですよ」

「雅人さんがそんなことを言ったら、俺なんかどうなるんですか。じつは俺、会長が男もイケるクチだって初めて聞いたとき、本気でビビったんスよ。俺は痩せてるし、一応若いほうだから、夜のご指名が来るかもしれないって。そんで、三日間真剣に悩んでようやく、誘われたら潔くパンツを脱ぐ覚悟ができました、って兄貴に言いに行ったんスよ」

「き、来たんですか、ご指名が?」

志堂という男は、若い組員にも手当たり次第に手を出しているのかと、雅人は身を乗りだして訊いたが、テツは微妙に残念そうに首を横に振った。

「来ませんでした。兄貴にも大笑いされちゃって。男なら誰でもいいってわけじゃねぇ、お前じゃ一億払うから抱いてくれってお願いしたって断られるから安心しろって言うんスよ。抱かれたいわけじゃないけど、一億でも駄目なのかよって思うと、嬉しいような悲しいような、複雑な気分になっちゃいました」

テツの言い方がおかしくて、雅人は小さく噴きだした。

おかげで重苦しかった空気が和み、二人は一緒にハンバーガーを食べることにした。廊下に置き去りにされていた袋のなかには、一人では食べきれないくらいの量が入っていたからだ。

ヤクザを毛嫌いしていた雅人だが、テツと話せば話すほど堀田とのあまりの違いに驚いた。

テツは志堂や近藤に言われて、雅人の面倒をみなければならない役割をふられているだけで、雅人個人に純粋な好意を抱いて世話をしてくれているわけではないとわかっているけれど、命令に従っているだけでも、これだけ気持ちよく接してもらえるのはありがたかった。

もし、同じことを命じられても、堀田ならここまで気を使わないだろう。気を使うという思考回路が崩壊しているからだ。

ヤクザだからと言って、全部一まとめにして色眼鏡で見るのはよくない。雅人は偏っていた自分の考えを修正するべきだと気がついた。

「俺はこんな立場で、いつまでお世話になるかわかりませんけど、テッさんたちにはできるだけ迷惑はかけないでいようと思ってます」

雅人がそう言うと、テツは細い目を線にして笑った。

「雅人さんみたいな人でよかった。っていうか、見た目と印象が違いますね。最初に兄貴と駅に迎えにいったとき、俺らとはあんまり目も合わさないし、もっとツンケンした冷たい人なのかと思ってました。綺麗だから、お高くとまってるんだって。勘違いしてたみたいで、すいません」

たしかに身構えてはいたが、そんなに感じ悪く映るほど態度に出ていたとは思わず、雅人は申し訳ない気持ちになった。

「テツさんは目がおかしいですよ。自分では綺麗だなんて思ったこともありません。俺は男だし。目の色が薄いんで、小さいころから言いがかりをつけられることが多くて、それであまり目を合わさないようにしてるんです」

「俺の目は正常っスよ。兄貴もそう言ってたし、タクなんか、綺麗に整いすぎて近寄りがたいとか言ってたくらいで。これから、誰かがいちゃもんつけてきたら、俺に言ってください。俺がシメてやりますから」

テツの言葉は雅人を一瞬のうちに子どもに戻し、そのころはまだ頼りになると思っていた由佳子の言葉を思いださせた。

『苛められたら私に言うのよ。お姉ちゃんが仕返ししてあげる』

とても心強く、優しくて美しい姉のことが大好きだった。今ではすっかり変わってしまったけれど、由佳子がいなくなれば雅人は独りぼっちになってしまう。

由佳子には堀田と別れて、立ち直ってほしかった。働き者で真面目ないい男を見つけて結婚し、幸せな家庭を築いてほしいのだ。

そのためには自分が今、頑張るしかない。


洗濯機が到着するまで三日待たされたが、待つ価値はあった。

忙しく働いていた母と姉のおかげで、雅人は自分のものは自分で洗濯することを学んでいたし、簡単な料理も作ることができる。

洗濯機がないなど、雅人にとってはありえないことだったが、志堂いわく「三十六年生きてきて、鬼気迫る形相の愛人に洗濯機をねだられたのは初めて」だったらしい。

ほかの愛人がなにをねだっているのか気になって、胸がチクリと痛んだ。

心待ちにしていた新しい洗濯乾燥機は、午前中にやってきた業者の男が二人で運びこみ、設置から撤収までの間、近藤が立ち会ってくれた。

信頼できる店に頼んだとはいえ、黒志会会長の部屋にあがるのだから、立ち会いがテツとタクでは頼りないというところだろう。

志堂より六歳年上だという近藤を、雅人は掴みにくく近寄りがたい男として捉えていた。ところが、洗濯機が設置されるのを待っている間に、近藤は真面目な顔で、

「差し出がましいですが、洗濯なさるんでしたらアイロンも必要じゃないでしょうか」

と言ったのだった。

「この家、アイロンもないんですか……」

彼との距離がぐっと縮まったのを感じながら、雅人は新事実の発覚にがっくりした。

志堂の着ていた服は毎日若い衆が持っていって、クリーニングされて戻ってくる。クローゼットにしまわれているものは、新品か新品のように綺麗なものばかりだ。

現状ではたしかに、アイロンが不在でも不思議ではない。

「雅人さんが欲しがるものはなんでも買うようにと会長から仰せつかってますんで、必要なものは今のうちにおっしゃってください。テツじゃ、まだ判断できないこともありますから」

「でもここ、俺の家じゃないですし。勝手にものを増やすのは気が引けますよ」

「勝手なことをされるのがいやなら、なんでも買ってやれとは言わないでしょう。それに会長はそんなことで怒るような、心の狭い方じゃありません」

「でも、近藤さんはご存知ですよね。俺がどうしてここにいるか」

「はい」

若いテツと違って、近藤は余計なことはしゃべらなかった。だが、その短い返事に聞きたいことが全部詰まっている。

「姉の借金を返すために俺はここにいるわけだから、志堂さんにお金を使わせたくないんです。洗濯機だけはどうしても我慢できなかったんでお願いしましたけど、あ、できればアイロンもお願いしたいですけど、それ以外は駄目だと思うんです」

「それが、雅人さんのけじめってやつですか」

「そうです。じつに些細なことですけどね。志堂さんと俺の金銭感覚は違うし、志堂さんが浪費家だったとしても、俺までそうである必要はないですし、俺はむしろ堅実であるべきです。……お金がないんだから、ここの住み心地が悪くて、電子レンジもポットもなくて不便でも、それは仕方がありません」

「わかりました。アイロンに、電子レンジと電気湯沸し器も追加ですね」

雅人はハッとなって、向かいのソファに座っている近藤のほうへ身を乗りだした。

「ち、違います！　違いますよ！　変に勘繰るのはやめてください！」

「会長はほとんど外食ですからね。キッチンがキッチンの用をなしてないのは、私にもわかりますよ。簡単な料理ができるくらいの調理器具は、用意させていただきます」

「いや、本当にそういうつもりじゃないんです！」

金持ちの旦那に張りついて、財産を吸い上げるヒルのように思われるのがいやで、雅人は必死になって繰り返した。

志堂には早く飽きられたほうが解放されるのも早くなるが、それと金を使わせることは別問題だと、雅人は考えていた。それに、雅人が用済みとなっていなくなったあと、買い揃えたものがゴミのように捨てられるのも悲しい。

近藤はほとんど動かない表情に、わずかに笑みを浮かべた。

「わかってますよ。それに会長は喜ばれると思います。雅人さんはなにも欲しがらないって、不満そうにこぼしてましたから」

雅人はふと、近藤ならば志堂の愛人が何人いるか、平均してどのくらいの期間で飽きているのかを知っているかもしれないと思った。それで、

「近藤さんは、志堂さんとはもう長いんですか？」

と訊いてみた。

「そうですね。会長が黒志会を結成なさったときに盃をいただきまして、あれからだと十一年になります」

いきなり愛人についてあれこれと言及しづらく、雅人は志堂や黒志会について教えてもらえないかと頼んだ。

「志堂さんに訊けばいいんでしょうけど、毎日忙しそうにして出ていってしまうし、帰ってくるのはほとんど明け方なので。志堂さんのこと、なにも知らなくて……」

自分たちは無駄口も叩かず、セックスしかしてません、と言っているようなものだと気づいて、雅人は赤面した。知らん顔をしてくれている近藤の無表情がありがたい。

志堂に抱かれて眠るようになって五晩が過ぎていたが、志堂は帰宅するなり餓えたような激しさで雅人をベッドに押し倒す。乱暴に犯されるのかと思いきや、その手つきは慎重なほど優しく、愛撫にはじれったいほど時間をかける。

雅人は夜毎男の扱い方を学び、抱かれて喜びを得ることをしつこく覚えこまされた。男性器ではなく、後孔を穿たれ、擦られることで絶頂に達する方法を。

由佳子のために仕方なく抱かれているだけで、望んだ行為ではないのに、セックスに免疫のない身体は志堂の思うがままに翻弄されてしまう。

若いせいか呑みこみが早いと、志堂はとても嬉しそうだ。

よく知らない男に抱かれて燃え上がってしまう、我慢のきかない自分の身体が情けない。

恐ろしかった刺青もすっかり見慣れ、志堂の筋肉の動きによって本当の生き物のように龍が胴体をうねらせる様を、陶然と眺めてしまうこともある。だが、増えていくのは、肉体の特徴や男の抱き方についての知識だけだった。

「かまいませんよ。雅人さんが会長のことを知りたがってたと報告すれば、会長もお喜びになるでしょう」

「どうして喜ぶんですか？」

「どうしてって……」

近藤は口ごもったものの、誤魔化すように志堂と黒志会の歴史を語りだした。

「会長が渡世に足を踏み入れたのは、十五歳のときだったと聞いています」

三歳のときに母親が病死し、父子家庭で育つも、父親との関係は良好ではなく、中学生のころからそのやんちゃぶりは近隣に響き渡っていたという。

兵頭組の事務所に出入りしていた志堂は、兵頭組五代目、宗像組長に見込まれて部屋住み修行をすることになる。部屋住み修行というのは、組長の自宅や組事務所に住みこんで組長の身のまわりの世話や、兄貴分の使い走りをしながら、一人前の極道となるよう、礼儀作法を厳しく叩きこまれる修行のことである。

部屋住みはまだシノギのできないヤクザ見習いだから、兄貴から小遣いをもらってやりくりするのが普通だが、志堂だけはどこからか小金を稼いできて、金には不自由しなかったらしい。金に困っている兄貴には、逆に貸してやっていたというから驚きだ。

三年後に盃をおろされ、晴れて兵頭組の組員となった志堂は、最初にＩＴ関連の会社を設立して利益を上げた。その後も次々と金になるシノギを見つけだし、法律の抜け穴も抜け目なく突いて、二十歳という若さで兵頭組への上納金がナンバー一となった。

極道の世界はピラミッド型に構成されている。兵頭組で言えば、まずトップに兵頭組本部があって、下に黒志会などの二次団体、さらに下の三次団体と末広がりに広がっていく。

本部の幹部たちはそれぞれが自分の組の長であり、上納金を本部に納めて組を支えている。二次団体の組の幹部がさらに三次団体の組長となって、親分に上納金を納めるシステムだ。

黒志会における若頭の山本や、若頭補佐の近藤も、年齢的には自分の組を立ち上げていてもおかしくない。そうしないのは、下部団体に上納金で支えてもらわずとも、充分すぎるほど黒志会の資金が潤っているからである。

「会長はとにかく頭がよくて、機転が利いてガタイは立派、度胸があって喧嘩も強い。おまけに男でも見惚れるあの顔です。宗像組長も会長には早くから目をかけていらっしゃいました」

「たしか二年ほど前に、兵頭組最高幹部に最年少で就任したって聞きました」

「そうなんです。若すぎると反対する古参の幹部もいたそうですが、さすが宗像組長はわかってらしたんですね。誰が一番相応しいかってことを」

話しているうちにノッてきたのか、無表情を取り払い、志堂のすごさを嬉しそうに語る近藤は今にも「ウチの親分、世界一！」と叫びだしそうな勢いであった。彼にとっての志堂の存在の大きさがよくわかる。

近藤はしばらく志堂を褒めちぎってから、話をもとに戻した。

「とは言え、すべてが順調だったわけではなく、会長が二十二歳のとき、兵頭組と敵対していた竹内組との間で抗争が起きましてね、宗像組長が襲撃される事件があったんです」

「……竹内組？」

「ご存知で？」

父親の名前と同じで引っかかったが、そう珍しい名字ではないし、偶然だろう。愛人の面倒もみれないような男が、組長であるはずもない。

「いいえ。すみません」

雅人は首を横に振った。

「幸いにも宗像組長は無傷でしたが、親分を狙われて黙ってはいられません。激怒した会長は、集めた組員を指揮して殴りこみをかけたそうです」

攻撃は熾烈を極め、兵頭組の圧倒的な勝利に終わったものの、これがもとで、志堂は三年間服役することになった。

おつとめを終えて出てきた志堂は二十五歳で黒志会を設立、会長に就任した。そして、若頭補佐を経て、三十四歳で関東最大の組織、兵頭組の若頭となったのだった。

フロント企業をたくさん抱え、シノギが安定している黒志会は、ヤクザ志望の若者たちに人気で入門希望も多い。

しかし、志堂は三年間若衆として修行をさせて、見込みがあるものしか残さないという。

「残さないっていうか、残らないんですけどね。宗像組長のように自分の家に置くのは面倒だからって、寝起きは事務所でさせてるんですが、入ってきて三時間で逃げだしたやつもいますよ。逃げてくれたらまだいいが、半端な覚悟のものは堪え性がなくて、すぐに揉め事の原因を作る。暴対法からこっち、警察も世間も厳しいですからね。ヤクザも頭を使わないと生き残れない時代になりました」

しみじみと締めくくった近藤に、雅人は素朴な疑問をぶつけた。

「志堂さんのことはよくわかりましたけど、近藤さんはどうして志堂さんのところに？」

ヤクザの世界は、歳は下でも親は親だ。いかに志堂がすごいとはいえ、男を売りたくてヤクザになった男が、年下の男に頭を下げることを望むものだろうか。

近藤は自嘲の笑みを浮かべると、

「私にもいろいろありましてね。ですが、会長に認めてもらって、お役に立てることが今の私のなによりの喜びです」

とだけ言って、自分のことは語ろうとしなかった。

人にはそれぞれ歴史があり、軽々しく訊いてはいけないこともある。雅人はもうひとつ気になっていたほうへ、話題を変えた。

「あの、それじゃ、松川組というのはどうなんでしょうか」

抗争があって刑務所にも入ったという話を聞いて、にわかに心配になったのだ。

「同系列ですが、うちは直参で向こうは三次団体です。格も規模も違うんで、揉め事にはなりません。堀田のことが気になりますか？」

「知ってるんですか？　志堂さんはなにも教えてくれなくて」

「堀田は松川組を破門になりました。破門状がまわってきたんで、間違いないです。どこにいるのか、まだ居場所は掴めていませんが、由佳子には近づかないように、若い衆にマンションや『シェリー』を交替で見張らせてますから、安心してください」

「本当に？」

雅人は驚いて目を見張った。

「会長はああ見えて、女を食い物にするやつらが大嫌いなんです。あとはシャブも厳禁ですね。うちの若い者にも、シャブと女でシノギをするなら破門だって言い渡してあるくらいですから、徹底してますよ」

「姉の借金は、本当に返してくれたんでしょうか」

志堂を信じていないわけではなかったが、契約書や証明書を見せられたわけではないので、雅人は不安だった。

「もちろんです。私が手続きしたんで、間違いありません。『シェリー』もサラも闇もローンも全部、綺麗に返しました。ただ、ただ……」

「ただ、なんですか？　姉のことなら、なにを言われても大丈夫です」

「借金癖というのはなかなか消えないもんです。今回、なんの苦もなく借金がなくなったと知れば、由佳子の気が軽くなって同じ過ちを繰り返すかもしれない。それで『シェリー』のママから借りていた金だけは、まだ借金として残っているように思わせて、これまでどおり月々給料から返させるというふうに工作してます。給料から天引きした金は、ママが預かって由佳子のために貯金をすると約束してくれました」

「そんなことまで……ありがとうございます。本当に、ありがとうございます……！」

雅人は何度も頭を下げた。

ホッとして身体の力が抜けそうになった。そして、あとのことまで考えてくれたその心遣いに感激して、胸がいっぱいになる。

そのぶん、自分が愛人として働かねばならないのだが、とにかく由佳子が平穏無事であることが嬉しかった。立ち直るための第一歩を、すでに踏みだしているように思えたのだ。

「よしてください。私は会長の指示に従っただけです。礼ならぜひ、会長に」

「志堂さんがそうしろと？　そんなの、聞いてません。教えてくれればよかったのに」

「言いにくかったんじゃないでしょうかね。会長が出された金は、雅人さんが返す予定になっているものです。前払いしただけのことで、ボランティアをしたわけじゃありません」

近藤は簡単に言うが、前払いできるまとまった金がないから、由佳子も雅人も困っていたのだ。

しかし、詳しく知れば知るほど、雅人は志堂という男がわからなくなった。

欲しいものはなんでも手に入るはずなのに、なにを思って雅人を愛人にしたのだろうか。事務所で裸にされて馬鹿みたいにクルクルまわらされたときに、志堂は二千万もの価値を雅人の肉体に見出したのだろうか。

考えているうちに、雅人の束の間の喜びは不安に変わっていった。

この先すべては自分次第で、志堂の機嫌を損ねることがあれば、事態はどう転ぶかわからない。

志堂が満足して飽きて捨てるのと、満足できなくて役立たずとして放りだすのでは、大違いだ。

後者の場合はもしかしたら、二千万円を返せと言われる可能性もある。

雅人はとにかく、志堂を満足させなければならないのだ。ヤクザが愛人に求めることは、ヤクザに教えてもらうのが一番であろう。

雅人は膝の上で拳を握り、近藤を真っ直ぐに見つめて叫んだ。

「俺に愛人の心得を教えてください！」

「……」

面食らった近藤は絶句し、しばらく沈黙がつづいた。

返事を待っていた雅人は、視線を感じて開け放たれたリビングのドアに目を向けた。

「お、お取りこみ中に申し訳ありませんが、終わったんで確認してもらえますかね。洗濯機」

気まずい顔で所在なげに立っていた業者の男は、近藤とも雅人とも目を合わさずにそう言った。


愛人の心得は聞けずじまいだったが、近藤の心遣いによって生活用品は徐々に増えていき、不便さや不自由さは解消されていった。

肉欲にまみれた不健全な毎日も、一週間が過ぎるころになると慣れてきて、雅人はここでの暮らしのリズムを自分なりに掴みつつあった。

雅人が最優先しなければならないのはもちろん志堂だが、窮屈なまでに束縛されているわけではなく、テツかタク、あるいは近藤が一緒であれば、外出も許されていた。逃亡のための監視というより、ボディガードの意味合いが強いようだ。

張りきるテツに、雅人はボクシングの心得があることを打ち明けられなかった。

ほかの愛人の存在については、今でも疑っているけれど、少なくとも雅人といるようになってからは、雅人しか抱いていないように思われた。

志堂はまるで、恋人でも抱いているかのように雅人を扱う。志堂の優しさはじれったくて、いやらしい。雅人の淫らな部分を引きだすための優しさなのだ。

未熟だった雅人の尻も、志堂の性器にすっかり馴染んでいた。熱く勃たせたものを奥まで入れて、志堂はとても気持ちよさそうにしている。

自然と愛撫は濃厚になり、さまざまな体位を試されながら、交わりは深くなっていく。

弄られる一方だった雅人も、志堂に促されて彼のものを手で扱いたり口に含んだりできるようになった。それは、敏感ですぐに反応する手軽な雅人自身とは違い、逞しくふてぶてしいので、志堂が自分自身でも扱かないと、拙い雅人の口戯だけでは射精まで導くことはできない。

下手くそと罵られても仕方がないと思うのに、そんなときの志堂はいっそう優しく、「いい子だな」と囁きながら甘いキスをしてくれる。

志堂がそんなふうだから、雅人は自分が借金を返すために抱かれていることを、無理に思いださねばならなかった。志堂とのセックスは金に換えられるものだ。

どんなに尽くしても、自分はいつか飽きられて、新しい愛人が自分に取って代わる。それを忘れてはならない。

「はぁ。うまくいかないなぁ」

雅人は大きなため息をついて、ぼやいた。

「なにがっスか？」

「いろいろ。考えることが多くて」

なにも考えてなさそうな呑気な顔をこちらに向けたテツに、雅人は答えた。

テツは志堂のクリーニング済のスーツをクローゼットにしまったり、買ってきた新しい下着類をタンスに補充している。

志堂は同じ下着を二度は身につけない。不測の事態が起こって死んだときに、よれよれの下着で地獄に行きたくないからだと、近藤が教えてくれたとテツが雅人に教えてくれた。

「会長のことっスか？」

「うん。昨日、ちょっと怒らせちゃって」

ムッとした志堂の顔を思いだして、雅人は落ちこんだ。

「えっ！　それじゃ機嫌が悪いのかなぁ。雅人さんが来てからこっち、機嫌も気前もよくて、事務所がすごく和やかだったのに。荒れてたらどうしよう。帰るのが怖ぇ」

「……ごめん」

すっかり打ち解けて、友達のようになってしまったテツの正直な意見は、雅人の心を痛ませた。下っ端は兄貴や親分の機嫌によって、待遇が左右される。虫の居所が悪いからという理由で、ボコボコに殴られても、口答えしないのがヤクザ世界のしきたりなのだ。

「なにを言って怒らせたんスか」

「口では言えないようなこと」

セックスの話だとわかったのか、テツは気まずい顔をしてタンスの整理に戻った。

会長が男を相手にするのは百も承知、下ネタで怯むような可愛い性格ではないが、雅人の口から生々しい話をさせるのが気の毒に思えるらしい。

雅人はコーヒーを淹れるために、キッチンに立った。

昨夜、志堂はセックスの最中に雅人の身体を絶賛し、「一生抱いていたい」と言った。

気に入ってもらえたのはよかったが、そんなたわごとを信じるわけにはいかなかった。愛人は若いと相場が決まっている。

一生抱きたいなどと調子のいいことを言っていても、歳を取れば飽きて捨てられるに違いない。

雅人は志堂のその言葉で、よるべのない自分自身の立場を思い知らされたのだ。

こんな生活から早く抜けだすために、志堂には早く飽きてもらいたい。なのに、志堂が自分に飽きるのを今か今かと待たされるのが、たまらなく苦痛だった。

先の見えない暗いトンネルを這って進んでいるような息苦しさを覚え、雅人は志堂に訴えた。

「俺に、値段をつけてください。一生なんて、嘘でしょう？　志堂さんがいつ俺に飽きるのか、毎日ドキドキしながら待つのはいやです。一回のセックスの値段を決めてくれたら、二千万になるまで頑張りますから」

それは雅人の、切実な願いだった。本当はセックスに値段などつけてほしくない。けれど、なにもかもがあやふやなままで進むのは、潔癖な雅人には我慢ならなかった。

グレーの海を右も左もわからず溺れながら泳ぐより、きちんと白黒をつけて、最低条件の黒い道をまっすぐ歩くほうが、精神的に楽な気がした。

ところが、志堂は急に不機嫌になり、雅人にゲストルームで寝るように命じて、寝室から追いだしたのだ。

抜けだしたいのに、なんの解決にもなっていない。雅人は呆然となり、完全には鎮まりきっていない身体を冷たいベッドに横たえて、独り泣いた。

朝になっても、雅人に話しかけもせずに出かけてしまった志堂に、自分はそんなにも厚かましいことを要求したのだろうかと思い、落ちこんだ。志堂の言い値で二千万円分は返すと言っているのに、それでは駄目なのだろうか。

尽きないため息をついて、テツと二人分のコーヒーカップを用意しているとき、いきなり玄関のドアが開いた気配がした。

「会長、兄貴！　ご苦労様です！」

いち早く廊下に出たテツが大声で挨拶をしている。

雅人は思わず、時計を確認した。時刻は夕方五時、こんな時間に志堂が帰ってきたことは一度もない。

リビングに入ってきた志堂の後ろには、大きな箱をいくつも抱えた近藤とテツがついてきていた。

「お、お帰りなさい」

雅人も慌てて出迎えたが、心の準備ができておらず、志堂と目が合わせられない。

「今から出かける。お前も着替えて一緒に来い」

志堂はそう言い、テツに全部の箱を開けさせた。仕立てのいい上等そうなスーツが数着、靴もスーツに合わせて三足用意されている。

「好きなのを選べ」

「俺の、服ですか？　どうしてこんなにたくさん……」

雅人は戸惑って、自分の年齢と境遇には似つかわしくない高級服と靴を見下ろした。今着ているものはシャツにジーンズだが、それも志堂が買ってくれたもので、ラフな感じではあるものの金のかかったブランドものだった。

「ジーンズで行くような場所じゃない。俺の愛人なら、それに相応しい格好をしろ。恥をかくのは俺なんだからな。早く着替えろ、俺を待たせるな」

言いたいことはあったが、反論は許されず、雅人は着せ替え人形になった。

似合いもしないスーツを着せられ、履き心地はいいが、借り物のように見える革靴を履かされて向かったのは、旅館のような門構えの料亭だった。奥のほうの仕切られた個室に案内され、いつも志堂につき従っている若頭の山本と、近藤も同席した。

山本も近藤も志堂から話しかけられないかぎりなにもしゃべらなかったが、少ない会話の内容から察するに、いつもよく働いてくれる二人に対する褒美の食事会のようだった。

この席に、どうして雅人が呼ばれたのかわからない。お邪魔虫になったような気分で食事を終えると、今度は志堂がよく行くらしい「プレシャス」という高級クラブに連れていかれた。「シェリー」でクラブの様子は多少知っていたが、ここは豪華さも店の規模も違っていて圧倒されてしまう。

ここでも奥のＶＩＰルームが用意され、客として来るのが初めての雅人は、志堂の横に緊張して座った。

美しく着飾ったホステスたちの志堂を見る目は、獲物を狙うハイエナのように鋭く、群がる彼女たちにチヤホヤされている志堂は、みっともなくやに下がった顔をして上機嫌だった。少なくとも、雅人にはそのように見えた。

おもしろい気分ではない。しかし、ムッとしている余裕はなかった。雅人の隣に座ったホステスが、膝の上に白く華奢な手を乗せてきたからだ。

「はじめまして、サユリです。ずいぶんお若いようだけど、志堂さんのところの方ですか？」

「え……いえ」

いきなり返事に詰まった雅人の肩を、志堂がぐっと抱き寄せて代わりに答えた。

「こいつは子分じゃねぇよ。俺の愛人。若くて可愛いからって、手を出すなよ」

「……！」

雅人は固まり、ホステスたちがキャーッと騒いだ。

男の愛人なんて気持ち悪いと馬鹿にされるかと思いきや、サユリは羨ましそうに言った。

「いいなぁ、私も志堂さんの愛人になりたい」

「ちょっと抜け駆けよ、サユリちゃん。私だって、志堂さんの愛人になりたいのに！」

「アヤノちゃんこそずるい！　くっつきすぎよ！」

雅人とは逆隣に座った赤いドレスのホステスが、志堂の肩にしなだれかかっていた。右手に雅人、左手にアヤノを抱えて、志堂は悠々と座っている。

サユリは雅人を押しのけて志堂の隣に行きたそうだったが、志堂は雅人を離さなかった。ホステスたちに見せつけるように背中を撫でたり腰を抱いたりして、ひっきりなしに大きな手を動かしている。

片手一本なのに、雅人がどんなに身体を捩っても、志堂からは離れられない。雅人は端っこに座っている山本と近藤に視線で助けを求めてみたが、二人はもちろん志堂のすることを止めなかった。

「どうやったら志堂さんの愛人になれるのかしら。知りたいわ」

志堂を挟んだ向かいからアヤノが冗談めかして言ったが、志堂には見えないように雅人を軽く睨んでくるあたりが、彼女の本気を物語っている。

女性の迫力に気圧されて身体を引こうとした雅人の脇腹を、志堂はスーツの下から差し入れた手でなぞり、軽くきゅっと摘んだ。

「……っ！」

悲鳴を呑みこむのがやっとだった。そこは志堂に開発されたばかりの性感帯で、シャツの上からでも感じてしまう。

いきなりビクンと飛び上がった雅人を、みんなが驚いたように見ていた。恥ずかしくて、顔が上げられない。

志堂は皮肉な笑みを浮かべ、アヤノを離して煙草を銜えた。アヤノが上品な手つきで火をつける。

「愛人になる方法か。雅人、みんなに教えてやれよ」

「え……？」

「借金を身体で返すために、愛人になったって。セックス一回でいくらになるか、気になって気になってしょうがねぇってな」

「……！」

「だが、セックスに値段をつけろって言うわりにサービスが悪いぜ。男の扱いは、毎晩手取り足取り教えてやってんだ。じっと寝っ転がってるだけじゃなくて、もっと俺を喜ばせてみろ。一回の値段を奮発してほしいならな」

雅人は唇を噛み締め、顔を真っ赤にして志堂を睨んだが、その真剣な怒りの表情こそが、志堂の言葉がすべて真実であると告白していることに、自分では気づいていなかった。

睨み殺せそうなほどの非難の眼差しを、志堂は余裕の体で受け止めている。冷たい表情は、雅人にさらなる屈辱を与えたがっているようだ。

雅人が昨日損ねてしまった彼の機嫌はいまだに直っておらず、雅人にお仕置きをするために彼はここに連れてきたに違いない。

恥をかかせて、雅人の立場を思い知らせるつもりだろうか。雅人がたとえ性のスペシャリストになったとしても、奮発どころか、彼はきっとセックスに値段をつけない。グレーの海に沈めて笑いものにして、黒い道を歩かせてもくれないなんて。

怒りで全身が熱くなった。震えがくるほど、腹が立った。

なんと男らしくない男であろう。

我慢の糸がプチッと切れて、雅人は志堂を力任せに突き飛ばし、敢然と立ち上がった。

志堂を睨み下ろし、短くてダメージの大きい効果的な罵り文句を探したが、怒りに邪魔されてなにも見つからない。

「……馬鹿っ！　最低！」

結局口から出たのは、男が叫ぶにはあまりにも情けない文句であった。

志堂もホステスも唖然としているのがいたたまれない。恥ずかしさのあまり雅人は真っ赤になり、テーブルを飛び越えるようにして店から逃げだした。

店が立ち並ぶ狭い道路に飛びだした雅人を捕まえたのは、近藤だった。

「雅人さん、一人で出歩いちゃいけません」

「離してください！」

「自分たちが処分を受けます。どうか、お願いします」

父親ほどの年齢の男にそう言われ、雅人はようやく暴れるのをやめた。

雅人の腕を掴んだまま、近藤が携帯電話で連絡すると、テツが運転するリムジンがすーっとやってきた。

リムジンに乗りこみ、ふてくされて座っている雅人に、近藤が話しかけた。

「そう、怒らないでください。会長は雅人さんから金を返してもらおうとは、考えてませんよ」

怒りと恥ずかしさが治まらない雅人は、思慮深い皺を眉間に刻んでいる近藤に食ってかかった。

「わかってます。でも俺が返したいんです。金を返す代わりに愛人になって、自分が飽きたら捨ててやるってあの人に言われました。なのにあの人、俺のこと一生抱いていたいとか言いだして。一生なんて嘘に決まってる！　つづくのも終わるのも、あの人の気分次第なんて耐えられない。だから、お金で返したいって言ったのに……」

悔しくて涙が滲んでくるのが、また悔しい。

「会長が一生と言ったなら、それはきっと本当です」

「俺だって、自分のことはよくわかってます。今は十八だけど、十年後は二十八、二十年後は三十八歳ですよ。いつまでも若くないし、二十年も一緒にいたら絶対に飽きます。ちょっと考えたらわかることなのに、いい加減なことばっかり言って」

「そうでしょうか。会長だって、二十年後は五十六歳です。五十六の男から見た三十八歳なんて、まだまだ赤ん坊みたいなものですよ」

「……！」

向かいの席に座り、なだめるように話す近藤の口ぶりが大人の男の余裕を感じさせて、雅人はドキッとして口を噤んだ。

「会長と雅人さんは歳が十八も離れてますから、感覚が違うのは仕方ありません。会長にすれば若い雅人さんをようやく自分のものにしたのに、もう別れたそうなそぶりを見せられて、腹が立ったんでしょう」

「別れるとか別れたくないの問題じゃなくて、きちんと期間を決めてほしいんです。もし、志堂さんが三十年と言うなら、それはそれで仕方がありません。約束したことには従いますけど、あの人、言ってることがコロコロ変わるし、どうしたらいいのかわかりません」

「会長はなんでも自分の思いどおりになさる方です。書類を作って契約しても、意味はないでしょう。人間ですから、気持ちが変わるのは責められません」

「つまり、俺は金で買われたから、なにも言う権利はないってことなんですね」

「そうではなくて、もう少し会長と話をされては……」

近藤が言いかけたとき、志堂と山本がリムジンに戻ってきた。山本は行きと同じく助手席に座るらしく、後部座席には乗りこまなかった。

志堂は不愉快そうに顔をしかめ、雅人の横にふんぞり返って座っている。

「誰が馬鹿だ。いきなり逃げだしやがって、この野良猫め」

「じゃあ、捨ててください。しつけの行き届いたおとなしい猫を飼えばいいでしょう」

雅人は志堂を睨んで言い返した。

「二千万の野良猫だぞ。そう簡単に捨てられるか。だいたい、セックスに値段をつけろだと？　キス一回につきいくら、フェラはいくらって決めて、毎晩正の字書いて数えるつもりか。ちょっと触っただけでよがりまくって泣くくせに。飛んじまった頭で、計算なんかできねぇだろうが」

「……やってみせます」

「無駄だからやめとけ。値段をつけるにしても、もっと上達してからでないと無理だな。今のままじゃ下手くそすぎて、金は取れねぇよ」

「……！　ひどい……」

雅人は目に涙を溜めて、唇を噛み締めた。お前の身体は最高だ、一生抱いていたいと言ったのは昨晩のことなのに、この言い草はあんまりだ。

「俺はヤクザだからな」

志堂は開き直ったように言った。

「俺がお前を買ったんだ。お前が欲しくて払った金だ。身体以外で返してもらうつもりはない。余計なことは考えずに、黙って俺に抱かれてりゃいい」

「それは、俺が今ここに二千万持ってて、返すから俺を解放してくださいって頼んでも、駄目ってことですか」

「そうだ。だから、テツに宝くじを買わせても無駄だぜ」

「それ、知って……！」

雅人は涙が零れて筋になった頬を、カッと赤く染めた。愛人契約が二千万をチャラにする約束ではないことに気づき、テツに相談しながらなんとか金を稼ぐ方法はないかと考えて思いついたのが、宝くじだった。

それも、志堂から小遣いとして渡されている金ではなく、最初から自分が持っていたなけなしの金でこっそりと買っていたのに。

馬鹿馬鹿しい、万にひとつの可能性もないような賭けだけれど、雅人は真剣だったのだ。

「テツがベラベラしゃべったわけじゃねぇぞ。お前らが黙ってコソコソやってることは、なんでもお見通しってことだ。三億円を当てる夢を見るのはいいが、たとえ億万長者になっても、お前は俺の愛人だ。俺が飽きて捨てるまではな」

八方塞がりで、どこにも逃げる場所がない。

ヤクザなんて大嫌いだと、雅人は思った。彼が小遣銭のようにポンと出した金が、自分にとってどれだけの重さがあるか、彼にはわからない。

怒りというよりも、絶望が拳を握らせた。

雅人は殴ってやりたいと頭で考える前に、振り上げた拳を志堂に向かって突きだしていた。

パシンと音がして、志堂に手首を掴まれた。渾身の力で押しているのに、志堂は左手で軽々と受け止め、余裕の笑みまで浮かべている。

「可愛いな、お前は。こんなパンチで俺が殴れると思うのか？　そうだ、近藤」

「はい」

「近くの本屋に寄って猫の本を買ってこい。飼い主を引っ掻かないしつけの方法が載ってるやつ」

「わかりました。テツに言って車を……」

「冗談に決まってんだろうが」

「はっ……すみません」

冗談としか思えないのに冗談ではありえない殺伐としたやりとりの間も、雅人は志堂に掴まれた腕を取り返そうともがいていたが、圧倒的な力の差に気力が尽きて脱力した。

「もう終わりか？　非力すぎるぞ。もうちょっと力をつけろ」

「……離してください」

「しつけのなってない猫には仕置きが必要だ。自分が誰のものか、身体にじっくり教えてやらねぇと。裸になって、尻をこっちに向けろ」

「……！　い、いやだ！」

雅人は手首を掴まれたまま、シートの端まで逃げた。

車のなかで、しかも近藤の目の前で抱かれるなんて、死んでもいやだ。志堂がそんなことをするはずがない、とは言いきれない。

彼は黒志会の事務所で、雅人を全裸にした男だった。

隅っこで真っ青になってぶるぶる震えていると、志堂は突然にこやかに微笑んだ。

「しょうがねぇなぁ。今は特別にごめんなさいのチュウで許してやる」

たとえキスでも人前ではしたくなかったし、一方的な仕置きにも理不尽さを感じているが、これを拒否したら、次にどんな難題を持ちだしてくるかわからない。

ここは恥を忍んで、キスで手を打っておくべきかもしれない。雅人は近藤のほうを見ないようにしながら、そろそろと志堂に近づき、笑みを浮かべている唇に触れるだけのキスをした。

しかし、触れた瞬間に頭を抱えこまれ、強く押しつけられてしまう。歯を食いしばって舌の侵入を拒んでみたが、無駄な努力であった。

「……んっ、んんっ！」

雅人は抗議のしるしに、志堂の舌を歯で噛んだ。噛みきってしまいたい思いで何度も上下の歯で挟んでいるうちに、志堂が逃げようとしないことに気がついて、力が抜けた。

噛みきれるはずがないと、雅人を侮っているのだろうか。怖いのか優しいのか、心が狭いのか広いのか、やっぱりよくわからない。

そのあとは、唇も舌も歯もすべて使って志堂に弄られ、気がつくと雅人は志堂の膝に乗り上がって首筋に縋りついていた。近藤がいることなどすっかり忘れ果てていて、羞恥で顔が熱くなる。

殴りたいほど腹を立てていたのに、キスをされただけでこの体たらくだ。情けなくなって志堂の上から退こうとすると、がっちりと抱き締められた。

「俺の上に乗ってろ」

命令は絶対で、雅人はマンションに着くまで、志堂の膝の上で行き場を失った仔猫みたいに震えているしかなかった。


「あっ、あっ、いやぁ……っ」

赤ん坊がおむつを換えてもらうようなあられもない格好で、雅人はベッドに転がされていた。

お仕置きをするから、仰向けになって脚を広げろと命じた志堂は、いやがる雅人に無理やりその格好をさせ、雅人の恥ずかしい部分を間近で観察し、舌と指でたっぷりと可愛がった。

恥辱的だが、これでは普段の行為と大差はない。そう思ったのも、最初のうちだけだった。

慎ましく閉じていた後孔が、男の欲望を欲しがってヒクつくほどになっても、志堂はそれをくれなかった。入り口を舌で舐めまわし、ねっとりと絡む粘膜を指先で愉しんで、雅人が達きそうになると、性器の根元をきつく握ってせき止めてしまう。

「あっ、く……っ、し、どうさ……、もう、いやぁ……っ」

雅人は意地もなにも忘れて、志堂に懇願した。時間をかけられたせいか、我慢もほとんど限界で、ひたすらに達きたくてたまらなかった。

志堂は雅人の後ろに入れた指を、軽く抜き差ししながら言った。

「欲しかったら、ちゃんとお願いしてみろよ。『志堂さんの大きいので、雅人のここをいっぱい擦って可愛がってください』って言ってみな。言えたら、今日のお仕置きは終わりだ。すぐに俺のを入れて、お前が達きたいだけ動いててやる」

「……っ」

雅人はかぁっと頬を染めた。

そんなことは、口が裂けたって言えそうにない。だが、自分のそこは指ではなく、志堂の大きくて硬いものが欲しいと、はしたなく疼いている。

「ほら、さっさと言わねぇと指も抜いちまうぞ」

「やだっ、待って……っ」

抜けていく指を引き止めようと雅人はそこに力を入れたが、摩擦を強く感じただけで、なんの役にも立たなかった。

指も舌もなくなって、ただ広げさせられたまま放っておかれるのがつらかった。なんでもいいから触ってほしい、入れてほしい。

雅人は熱くなった身体を持て余し、すすり泣いた。

「今日は泣いても駄目だ。恥ずかしくたって俺しかいねぇんだ。言えるだろう？ 言えるよな？」

底まで堕とそうとするろくでなしに甘く脅迫されて、雅人の心が揺らぐ。なにも考えられないほど切羽詰った雅人は、ついに降参した。

「か、可愛がって……。俺の、ココ……、志堂さんの、大きいの……いっぱい擦って……！」

震える声で言い終えると涙がぽろぽろと溢れてきて、雅人はしゃくりあげた。

無事に言えたことに対する安堵と、これで可愛がってもらえるという期待が、堪え性のない身体をさらに燃え立たせる。

「よく言えたな、雅人。たっぷり可愛がってやる」

志堂は優しげに囁き、待ち望んでいた熱い塊を雅人のそこに当ててくれた。

無意識にひくんひくんと収縮している入り口が、志堂の先端に吸いついていく。早く早くと迎え入れるように腰を突きだした雅人のなかに、逞しい男性器が入ってきた。

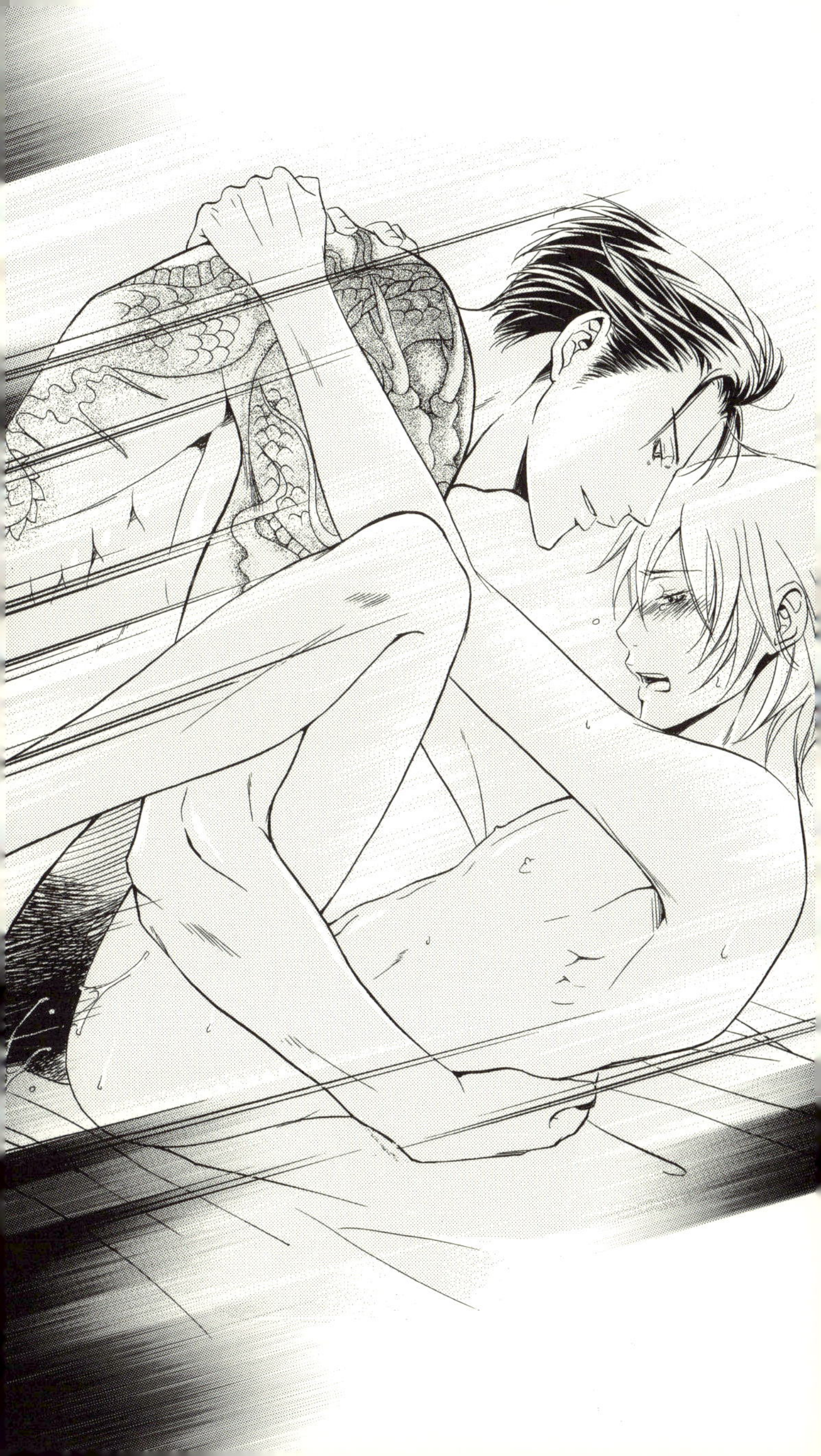

「あーっ、あー……っ！」

淫らな肉の輪を抉じ開けるようにして貫かれ、雅人は堪えきれずに嬌声をあげた。

入れられただけなのに、その重々しい感触だけで達してしまっていた。自分自身から吐きだされる精液には頓着せずに、蕩けた内壁で硬い肉を揉みこんで絞り上げる。

「もっと欲しいか？」

「んっ、んっ、もっと……！」

雅人は志堂にしがみつき、腰を揺すった。一度達って、気が狂いそうなほどの飢餓感は減ったものの、まだまだ足りない。

しかしこれは、志堂が雅人を抱いて快感を得るというより、一方的に雅人が気持ちいいだけのような気がする。愛人としての価値を、志堂はどこではかっているのだろうか。

そんなことをふと思った雅人に、腰をゆるく動かしながら志堂が言った。

「なぁ、雅人。教えてやろうか？」

「……？」

雅人は涙でぼやけた瞳を向け、無言で問い返した。

「俺がお前に早く飽きる方法。知りたいんだろう？」

雅人の返事を待たずに、志堂は勝手に話しだした。

「俺に尽くせ。俺のことだけ考えて、尽くして尽くして尽くしまくれ。毎日毎日、俺にべったりくっついて、もう顔も見たくねぇと思わせるほど一緒にいろ。そしたら、きっとすぐに飽きるぜ」

ポカンとしそうになるのを堪えて、雅人は近くにある志堂の端整な顔を見つめた。

まるで、志堂を好きになれと言われているようだった。そして、好きになったら、捨ててくれるらしい。

困惑して返事もできない雅人に、志堂は深いキスをした。唇を合わせ、舌を絡めたまま、腰を激しく突き上げ始める。

愉悦にとらわれて、思考力が失われていく。雅人は志堂が与えてくれる律動に、夢中になって溶けていった。

5

「またここか」

書斎のドアが開けられて、雅人はハッとなって読んでいた本から顔を上げた。読むのに夢中になるあまり、志堂が帰ってきたことに気づかなかった。

「すみません。今日は早かったんですね」

雅人は本を片づけると、志堂が外したネクタイと腕時計を受け取った。

俺に尽くせと言われてから二週間が経ち、雅人はできるだけ志堂の身のまわりの世話を焼いていた。そんなに早く飽きてほしいのかと志堂は苦笑交じりに言うけれど、それが本当の理由ではない。

志堂を殴ることはできなかったが、一度爆発したおかげで雅人の頭も冷えてきて、物事を冷静に考えられるようになっていた。

あのときの雅人はいっぱいいっぱいで状況の変化についていけず、そもそも借金をした由佳子が悪いとか、志堂が介入してくれなかったら、堀田や借金問題が絡んでさらに悲惨な状況に陥っていたかもしれないことに、気がまわらなかった。

それに、彼が助けてくれたおかげで、雅人は堀田に刺されずにすんだのだ。

志堂のやり方に納得できなくても、助けられた部分は多々あって、自分一人ではなにもできないのに、不安になって不満や不平だけを叫んでいても仕方がない。

要するに、雅人は開き直ったのだった。

「暇つぶしになればと買ってやった猫じゃらしに、猫を盗られた気分だ」

志堂はぶつぶつとぼやいていたが、不機嫌というよりはむしろ機嫌がよさそうである。雅人が志堂に逆らわず、落ち着いて読書に没頭しているのが嬉しいのだろう。

「志堂さんがこんなに読書家だったなんて、知りませんでした」

「お前がこんなに読書好きだったとは、俺も知らなかったぜ」

「俺もです。最初は暇だし、ぼんやり読んでたんですけど、読んでるうちにおもしろくなっちゃって。読書に目覚めたのかも」

志堂の書斎の本棚には、ぎっしりと本が詰まっている。ビジネス書、歴史小説、外国文学、哲学書に至るまで、種類も豊富だ。

いつでも入って好きに読めばいいと言われてから、雅人は時間があればここに入り浸っていた。

本は読んでおいて損はない。いろんな考え方に出会えるし、視野が広がって世界が変わって見えると志堂は言う。卑劣で偉そうで頭が悪く、調子がよくて無責任、という雅人のなかのヤクザのイメージは、志堂によってだいぶ変えられていた。

志堂は帰宅すると、すぐにバスルームに向かう。たいてい、雅人も一緒に入った。

雅人が志堂の背中を流すべきなのに、志堂はすぐに雅人の身体を弄りまわすので、入浴の世話というよりもセックスの前戯をしているのに近い。

今日も志堂は、雅人を泡だらけにして隅々まで指先を這わせた。

「俺が本を読むようになったのは、刑務所に入ったときからだ。親父が読めって差し入れてくれてな。やることねぇし、勉強にもなるから片っ端から読んだ。親父も若いころ、そうやって勉強したらしい。刑務所ってのは勉強するには最適の場所だぜ」

親父というのは、志堂の本当の父親ではなく、盃を受けた兵頭組の宗像組長のことだろう。

「宗像組長が襲われた仕返しに殴りこみに行って、刑務所に入ることになったんでしょう。近藤さんから聞いたことがあります」

雅人は両手に泡を掬い、志堂の肩の龍に塗りつけた。頭を擦り洗い、逞しい腕に巻きついた胴体も両手で揉むようにして洗い下ろす。

「俺を洗ってんだか、龍を洗ってんだかわかんねぇな」

志堂は笑い、

「お前は父親ってもんを知らないで育ったんだったな。ろくでなしの親父でも、一度は会ってみたいと思うか？」

と訊いた。

「思いません」

「昔は下っ端のヤクザでも、今は出世して大金持ちになってるかもしれないぞ。そいつがいきなり父親面して、金を出して由佳子もお前も助けてやるって言ったらどうするよ。そいつに頼って、お父さんって呼んでやるか？」

突飛な話に、雅人は思わず笑ってしまった。

「なんですか、いきなり変な話をして。お父さんなんて呼びませんよ。ポッと出てきた知らないおじさんに父親面されるのは真っ平ごめんです」

「積年の恨みをぶつけてやりたいと思わないのか？」

「母を不幸にしたし、俺も寂しい思いをしたけど、虐待されたり苦労させられたわけじゃないですから。恨むどころか、今となってはどうでもいいっていうのが正直な気持ちです。生きてるか死んでるかもわからない父親に期待するような甘い考えは、ずっと小さいころに捨てました」

「雅人クンは大人になったわけだ。心も身体も」

志堂はそう言って、すっかり大人の喜びを知ってしまった雅人の乳首を柔らかく擦った。

「ん、ん……っ、志堂さんこそ、どうなんですか」

「俺がどうした？」

雅人は悪戯な志堂の手を、胸元からそっと退けた。

「俺が宝くじを当てて金を返すって言っても、受け取らないって撥ねつけたのは志堂さんですよ。俺の宝くじは受け取れないのに、出所の違う金なら受け取るつもりなんですか？」

「受け取るわけねぇだろうが。お前は俺のものだ」

再び伸びてきた志堂の手を、雅人ははしこくかわして逃げた。のぼせて体力を消耗するので、同じ抱かれるならベッドがいい。

シャワーヘッドを掴んで湯を出し、志堂の泡を流していく。綺麗にするまでの時間稼ぎに、雅人は話題を変えた。

「宝くじ、また買おうと思ってるんです」

「金がいるのか？　小遣いなら充分すぎるほど渡してるはずだが」

「違います。貯金したいんですけど、志堂さんからもらったお金を貯めて私腹を肥やすのはちょっと違うと思うんで、自分で稼ぎたいんです。宝くじだから、稼ぐっていうのも変ですね」

「貯金？　買いたいものがあるなら、言えよ」

正直に言うべきか一瞬迷った雅人を、志堂が嘘を許さない目で見下ろしている。この話題を振ったことを早くも後悔しながら、雅人は打ち明けた。

「買いたいんじゃなくて、学費です。俺、司法書士になりたいんです」

堀田のせいで貯金と名のつくものはなくなり、こんな境遇に身を置くことになって諦めかけていたが、書斎で本を読んでいるうちに勉強したいという気持ちがよみがえり、もう一度資金を貯めようと思った。

「就職先が決まらないまま高校を卒業して、このままじゃ駄目だってずっと思ってました。いつまでもアルバイトでいるわけにはいかない、誰のためでもなく自分のために頑張ろうって。今資格を取ったって意味がないことはわかってますけど、なにもせずに後悔したくないから」

つい熱く語ってしまった雅人を抱いて、志堂はジャグジーに浸かった。膝の上に乗せられた雅人は、志堂の広い胸に背中を預け、ブクブクと泡の湧き上がる湯のなかで脚を伸ばした。

「大学に行けば、資格が取れるのか?」

「もちろんですけど、ほかにも通信とか、生の講座を受けるスクールとかいろいろあるんです。どこに行くにしても相当頑張らないと、合格率は三パーセントの狭き門ですから」

「百人のうち三人は受かるってことだろうが。やる気があるなら、勉強してみるか？　金なら出してやる」

「え?」

雅人は驚いて、志堂を振り返った。てっきり、お前は俺の愛人なんだからそんな資格は必要ない、勉強よりセックスに励めと言われるのだとばかり思っていた。

「……それって、司法書士になってヤクザの仕事を手伝えってことですか?」

ウラがあるのではと疑惑の眼差しで訊ねる雅人を、志堂はおかしそうに笑っていなした。

「弁護士なら頼みたいところだが、今んとこ不自由はしてねぇ。やりたいことがあるなら、やればいい。俺に黙ってコソコソやるんでなけりゃ、そこまでうるさく言わねぇよ。学校へ行こうが資格を取ろうが、俺が飽きて捨てるまではお前は俺のものだ。それさえわかってればな。必要なものがあるなら、近藤に言え。事情は俺から話しておく」

志堂が本気だとわかり、雅人はくるっとまわって正面から向き合った。膝に乗っているので、いつも見上げている顔がすぐそこにある。

「集めたカタログを家に置いてあるので、取ってきます。だけど、俺が一番行きたいと思ってるスクールは五十万以上するんです。もし司法書士になれたら、そのぶんのお金は返しますね」

「この俺をそんなケチくさい男だと思ってんのか。余計なことは考えるな。お前と俺とじゃ、金の価値が違う。出してやるって言ってんだから、素直にもらっとけばいいんだよ」

「でも、志堂さん」

「いいか、お前が可哀想だから恵んでやるんじゃない。意味がなくても後悔したくないっていう、その心意気が気に入ったから手助けしてやりたいと思うんだ。その代わり、やると言ったからにはお前も一発で合格しろ。それぐらいの根性は見せてくれるんだろ」

雅人は志堂を睨むようにして、顎を引いた。なんとも言えない思いが胸を埋め尽くし、言葉が出てこなかった。

嬉しいと感じるよりも、さっきのは冗談だと今にも言われるのではないかと、半信半疑で志堂の反応を待ってしまう。

なのに志堂は、まだ申し込みさえしていないのに、行くことが決定したかのように言った。

「そのスクールってのはどこにあるんだ？　送り迎えはテツかタクにさせろ。小姑みたいなことは言わねぇが、時間割は俺にもちゃんと教えろよ」

「……！」

雅人は唇を噛んで、さらにいっそう強く志堂を睨んだ。

今まで、姉を助けなければ、人の何倍もしっかりしなければと独りで頑張ってきた。

気を抜いたら、崩れ落ちてしまう。一日一日歩くのが精一杯で、限界まで突っ張ってきたその足が、志堂の言葉で震え始めていた。

頼っても、いいのだろうか。寄りかかった途端に、突き飛ばされたりしないだろうか。

顔をしかめている雅人の鼻を摘んで、志堂は笑った。

「泣きそうな顔して、そんなにスクールに行きたかったのか？　よかったじゃねぇか。俺の愛人になるのも、悪くないだろう？」

茶化したように言いながら、それはまぎれもなく志堂の優しさであった。

雅人はしばらく黙って、己の静かなる激情を押さえこみ、なんとか返事をした。

「……送り迎えはいりません。バスか電車で通います」

「ヤクザだと思われるのがいやか？ ヤクザっぽくない、普通の車を使えばいい」

「そうじゃなくて、テツさんもタクさんもほかに仕事があるのに、俺のためにそんなことはさせられません。俺には足がありますから」

「そうだな。お前には頭も尻もついてる。一目見たら忘れられなくなるこの目とか、吸ったら気持ちよさそうな唇とか、入れたら天国に連れてってもらえそうな可愛い尻を、俺は他人に見せたくねぇ。一人でウロウロされたら、どっかで絡まれてないか心配でしょうがねぇよ」

「……本当に行ってもいいんですか」

「いいって言ってるだろうが。勉強が忙しくても、俺の相手はしてもらうがな」

「頑張って、サービスします」

せめてものお礼にと雅人は真剣に言ったのだが、志堂は苦笑して、手に掬った湯を雅人の顔にパシャッとかけた。

「なにがサービスだ。フェラをさせたら、苦しそうな顔でこっちが萎えそうになるし、口のなかで出したら、ゲホゲホ噎せて泣いたくせに。しかも、噛みやがった」

「……修行します」

雅人は俯き、小声で言った。志堂が自分にしてくれることを思いだして一生懸命やっているのだが、志堂のものは大きくて上手にできない。

「いやだと思ってるうちは、修行したって上達しねぇよ」

「そんなことは……」

言いかけた雅人の唇を、志堂が強引に奪った。

目を閉じてしまった雅人は、志堂がどこかせつない表情をしていることに気がつかなかった。


翌日、テツに送ってもらってカタログを取りに自宅に帰ると、由佳子がちょうど起きたところで、寝惚け眼で迎えてくれた。

近況を知らせるのが億劫でほとんど電話もしておらず、会うのも話すのもほぼ一ヶ月ぶりだったが、健康そうな由佳子を見て雅人は安心した。堀田とも連絡を取っていないらしく、堀田のものが散らばっていたリビングも、綺麗に片づいている。

雅人が愛人のことは伏せて、スクールに行かせてもらえる話をすると、由佳子は自分のことのように喜んでくれた。

「私のせいで、雅人が苦労してるんじゃないかって、ずっと心配だったの。私も志堂さんにお礼を言いたいわ。志堂さんにそう伝えてもらえない？」

そう言われ、雅人は志堂に訊いてみると約束した。

由佳子がすっかり立ち直り、弟思いの姉らしい心遣いを示してくれたことが嬉しかった。

志堂のマンションに帰って、志堂に見せるためのスクールのカタログをめくりながら、志堂の帰りを待っている間、雅人はずっと微笑んでいた。こんなふうに、幸せな気分で誰かの帰りを待てるのは、母が亡くなって以来初めてのことだった。

三人は、由佳子が休みだという三日後の木曜に、志堂が指定したホテルのラウンジで会うことになった。

その日はちょうどスクールの説明会があり、志堂と一緒に行くことができないので、雅人はテツに送ってもらうことにした。

「遅れるって志堂さんにはメールしたから、そんなに急がなくていいよ！」

狭い道をぎゅんぎゅん飛ばすテツに、雅人は言った。

同じ説明会に話を聞きにきていた男性と、いろいろ話しこんでいるうちに遅くなってしまい、待ち合わせの時間に間に合わなくなったのだ。スクールの説明会と志堂と同席するラウンジに同じ服を着ていくわけにはいかないので、着替えに戻ってさらに時間を食ってしまう。

会長を待たせるなんてとんでもないと、テツが飛ばしに飛ばしてくれたおかげで、雅人は三十分ほど遅れて、ホテルに到着した。

席に案内された雅人は、思わず息を呑んでその場に立ち尽くした。

三人がけのソファには、由佳子にべったりと抱きつかれた志堂がいた。由佳子は雅人に気がつくと、いつもより念入りに化粧をした美しい顔を向けた。

「あら、早かったのね、雅人。もうちょっと、志堂さんと二人でゆっくりお話がしたかったのに、気の利かない子」

甘い声で冗談交じりに詰る由佳子は、白い指を逞しい腕に絡ませ、ミニスカートから出た綺麗な脚を志堂の太腿にすり寄せている。ここはクラブのボックス席ではないのに、品位の欠片もない。

彼女は姉ではなく、一人の女だった。

頭のなかが真っ白になり、気がつくと雅人は無言でラウンジを飛びだしていた。これ以上は見たくなかった。

女になった姉も、女を拒まない志堂も。なにもかもがうまくいくと思い浮かれていたところに、冷水を浴びせられたようだった。

どうしてこんなことになったのだろう。

人にぶつかりながらロビーを走り抜けた雅人を捕まえたのは、またもや近藤であった。

志堂が追いかけてくるわけがない。彼は愛人を追いかけて、息を切らして走るような人ではないのだ。それに、追いかけてくる理由もない。

「ついてこないでください！」

わかっているのに、雅人は近藤を見てがっかりし、掴まれた腕を振り払って、ホテルの前の坂道を駆け下りた。全力で走れば四十二歳の近藤は追いつけまい。

今は誰の顔も見たくなく、とにかく独りになりたかった。

右に左に角を曲がり、がむしゃらに走りつづける。しかし、近藤は追いつけなくても、黒志会の若い組員は優秀だった。

前からも横からも行く手を塞がれて、雅人は仕方なく立ち止まった。こんなに大人数で囲まれてはもう逃げられない。

雅人は遅れて走ってきた近藤を、正面から睨んで怒鳴った。

「俺はホテルには戻りません。二人で楽しくやればいいんだ！」

ぶすっとふくれている雅人をどう思ったのか、近藤は無理にホテルに帰そうとはしなかった。

「わかりました。会長にそう伝えますから、車に乗ってもらえませんか」

路地を出た道の先にはテツの運転するベンツが待っていて、雅人は少しなかで待たされてから、マンションに送られることになった。

洗面台で顔を洗い、熱くなった頭を冷やそうと思ったのに、由佳子の白い腕と脚が志堂に絡まる様を思いだすと、雅人の頭にはさらに血がのぼった。

よく知らないホステスが志堂に媚びて絡むのを見るのも、雅人はあまりいい気がしなかったけれど、由佳子は格別いやだった。志堂には指一本触れてほしくない。

あの二人は今ごろなにをしているのだろう。近藤が連絡を入れると、志堂は由佳子と話があると言って、雅人を先に帰すように命じたのだ。

自分に隠れて内緒話をされているようで——雅人は自分から飛びだして、戻らないと宣言したのだが——不愉快でたまらなかった。

由佳子を守るために愛人になったというのに、当の由佳子が志堂に媚を売っていた。由佳子は志堂に会いたかっただけで、雅人のことなどどうでもよかったのではないだろうか。

弟よりも男を選ぶ、女そのものといった由佳子の行動に、雅人は吐きたくなるほどの深い嫌悪を感じた。

志堂が帰ってきたのは、二時間後のことだった。雅人はリビングのソファでふてくされ、出迎えもしなかった。

志堂はのっそりとやってきて、スーツの上着を脱いでソファの背にかけた。

「姉さんに焼きもち焼いて飛びだすとは、お前も可愛いとこがあるじゃないか」

「なっ！　焼きもちなんかじゃない！」

雅人は目を剥いて飛び上がり、志堂に食ってかかった。

焼きもちとは、衝撃的な言葉だった。それではまるで、自分が志堂のことを好きみたいに聞こえるではないか。

「じゃあ、なんでお前はそんなにぷりぷり怒ってんだよ。なにが気に入らない？」

由佳子が志堂に触っていたからだ。志堂がニヤけた顔で、それを当然のように受け止めていたのが気に入らない。二人でベタベタくっついて、雅人を邪魔者みたいに扱って、そんなことをするために設けた場ではなかったはずだ。

というようなことが言いたかったが、言うに言えず、雅人は唇を尖らせた。こういう気持ちを焼きもちと表現するのだろうか。いいや、断じて違うはずだ。

志堂はなにもかもお見通しと言わんばかりに、満足げに笑っている。

「お前がこんなに焼きもち焼きだとは思わなかったなぁ。由佳子にかぎらずだが、寄りかかってくる女を突き飛ばして逃げるような男はいねぇよ。お前ならどうする？　触るなって怒鳴って女の腕を叩き落すのか？　できねぇだろう」

もっともであった。しかし、もっともだからと言って、この苛立ちは治まらない。言いくるめようとしているところがまた、気に入らなかった。

「……もういいです。姉さんとなにを話したんですか？」

「まぁ、いろいろな」

これ以上ないほど、雅人はムッとした。由佳子と志堂だけの秘密ということだろうか。二人はいったいいつの間にそんなに親しくなったのか。

「可愛い顔して拗ねるなよ。訊きたいことがあっただけだ。それとも、俺が由佳子を相手にすると本気で思ったのか？」

志堂は笑いながら雅人を抱こうとしたが、雅人は怒った猫のように爪をたてて振り払った。

「触らないでください！」

「俺のものを俺が触って、なにが悪い？」

逃げだそうとした雅人の上に、志堂が覆い被さってきた。体重をかけられると、重くて身動きが取れない。

「いっ、いやだってば！」

唇を寄せてきた志堂の顔を、雅人は両手で押しのけた。もちろん、無駄な足掻きであった。

手首を掴んだ志堂は、手の甲にそっと口づけてきた。

「いい加減に落ち着け。由佳子とはなんでもないって言ったろうが。焼きもちを焼く必要がねぇってことがわかるまで、今夜はたっぷり可愛がってやる」

雅人の両手首をひとまとめにして片手で掴んだ志堂は、もう片方の手をシャツの裾から入れて、素肌をまさぐり始めた。

「けっこうです！　やっ、触んなっ……、この女たらし、ヤクザ！」

「わかったわかった。そんなに俺が好きだったとはな」

「……！　好きなんかじゃない！」

「最初は好きじゃなかったよなぁ。ヤクザなんか大嫌いって言ってたしな。いつの間に好きになったんだ？」

「なってないし、今でもヤクザは嫌いです！　あっ、いや……っ」

乳首を指の腹で押しつぶされて、雅人は腰を捩り、かかとで志堂の足を蹴った。

「いてっ。こら、おとなしくしないと、破くぞ」

志堂はそう言ったくせに、反射的におとなしくなった雅人のシャツの前を力任せに開いて、ボタンを弾き飛ばさせた。

夕方着替えたばかりのまっさらのシャツだったのに、と思う余裕はなかった。

志堂が首筋や腋のあたりに鼻面を突っこんで、くんくんと匂いを嗅ぎだしたからだ。

それは、触られるよりも舐められるよりも、恥ずかしい行為だった。

「し、志堂さん！　俺、走ったから汗をかいて……」

「いい匂いだ。いっつも石鹸で磨きすぎて、ほとんど匂いがしねぇから、ちょうどいいくらいだ。お前の匂いと味、気に入ってんだよ。すげぇ興奮する」

志堂の声はすでに欲情しており、雅人は真っ赤になった。

あまりの羞恥に怒りが呑みこまれて、力が抜けた。匂いやら味やらという濃い話題は、やけに生々しくて、漂う男くささに頭がクラクラしてしまう。

思うがままに雅人の肌の匂いを嗅いだ志堂は、またたびを与えられた猫のように満足そうな顔で、今度は舌を出して味を確かめにかかっている。まったく知らない、あるいはまだ到達していない男の野性を目の当たりにして、雅人は逃げだしたくなった。

「待って、待ってください。先にシャワーを……」

「終わってからにしろ。俺はもう一分だって待てねぇよ。お前だって、そうだろう？」

志堂にいきなり左の乳首にしゃぶりつかれ、雅人は仰け反った。

「あっ、あぅ……っ」

舐められ、舌先で転がされ、歯をたてられる。

右側にもすぐに指があてがわれた。

挟まれて引っ張られ、強めに揉まれて、突起は硬くしこってしまう。

拘束されていた両手はすでに解放されており、雅人はたまらず、志堂の頭を掴んで髪をかきむしった。いつもより責め方が激しいような気がする。

左側を唾液でたっぷりと濡らした志堂は、指で摘んで勃たせた右側もしっかりと舌で味わった。

「んんっ、やぁ……っ、あ、あ……っ」

雅人は志堂が与える快感を受け止め、身体をくねらせた。狭いソファの上では、まるで淫らな蛇にでもなったようだ。

ズボンを穿いたままの下半身が苦しく、脚を開いてもがいているうちに、志堂の腰をがっしりと挟みこんでいた。志堂のほうも、シャツのボタンを上三つほど外しただけで、来客があればすぐに出ていけるような格好である。

「なかなか情熱的なことをしてくれる」

歯の表面で乳首を擦るようにして、志堂が言った。

「ああっ！　それ……いや……っ、んーっ」

雅人は挟んだ志堂の下半身を、力一杯締め上げて身悶えた。

硬い歯の感触は、涙が滲むほど気持ちがよかった。乳首を愛撫されただけで、雅人自身はいとも簡単に反応し、下着に恥ずかしい染みを作ってしまう。

志堂は絡みついている雅人の脚を解き、ズボンと下着を脱がせると、うつ伏せにして腰を高く掲げさせた。

「あぁ……っ！」

双丘を広げられ、露になった窄まりを舐め上げられて、尾を引く細い嬌声が漏れた。

ローションがなくても性交に耐えられるようになったそこを、志堂はせっせと舐めてなかに唾液を送りこんでいる。潤ってくると、尖らせた舌先と指先が交互に、あるいは同時に入ってきた。

「んっ、んぁっ、あぁ……っ！」

ぬるりとした舌の感触、硬く太い指が浅いところでぐるっとまわり、しっとりと湿っている内壁の具合を確かめている。

舌と指と性器と、雅人のなかは志堂の三つの感触を知っているけれど、なにで触られてもそこはしっかりと愉悦を感じ取った。

「あ……っ、やっ、いやっ」

性器に直結している部分を指で押されて、雅人は腰をさらに突きだした。堪え性のない雅人があっという間に達してしまうので、尻を弄っている間、志堂は雅人自身には触れてくれない。

雅人の身体は、なかの粘膜を擦られて絶頂に達することができるが、それはやはり指でも舌でもなく、逞しい志堂自身でなければ無理だ。

ホテルから帰ってきたときは、今日だけは絶対に抱かれたくないと思っていたのに、志堂はいとも簡単に雅人を開いてしまう。

情けない気もするけれど、セックスは志堂に教えられ、志堂しか知らないのだから、しようがない。雅人の肉体の詳細を、志堂は雅人よりもよく知っているのだ。

「志堂さん、志堂さん……っ」

指と舌で弄られるのがじれったくて、恥ずかしながら雅人は名を呼んでおねだりした。

「まだ駄目だ。もうちょっと舐めさせろ。あとで俺のを奥まで入れて可愛がってやるから」

志堂は舐めながらそう言った。

「やぁ……、あぅ……っ」

雅人にはどうすることもできない。がっしりと抱えこまれてしまった尻は、もはや志堂のものだった。

すすり泣いて悶えた雅人が咄嗟に掴んで引き寄せたのは、志堂が脱いだ上着だった。彼がいつも使っている香水のいい香りがする。

雅人は汚れて皺になるのもかまわず、それに顔を擦りつけた。香水に混じって、志堂の匂いも少しした。

いい匂いだと思う。胸いっぱいに吸いこんでみると、匂いに興奮するという意味がほんの少しわかった気がした。

「お前、やることなすこと可愛すぎるぜ」

低い呟きとともに、雅人の尻から志堂が離れた。

膝が震えて腰が崩れ落ちそうになるが、首を捻って志堂を窺う。目に飛びこんできたのは、猛々しく勃起した志堂自身であった。

「あぁ……」

その逞しさに、雅人は思わずため息をついた。震えていた膝にも腰にも、しゃんと力が入る。

舐めしゃぶられてとろとろになった後孔に、ようやく志堂の熱い塊が押し当てられた。ゆっくりと先端を捻じこみ、志堂は雅人のなかに入ってくる。

待ち望んだものだった。初めは苦しいが、慣れてしまえばこの大きさと硬さが雅人をよがり狂わせる。

「熱くていい具合だ。俺に絡みついてくる。気持ちいいか？」

すべてを収めてしまった志堂に掠れた声で訊かれ、雅人は何度も頷いた。熱いのは志堂のほうだった。

ぎゅっと締め上げると、それだけで快感を得られる。前から抱かれるより、男の形がリアルに大きく感じられると思うのは、気のせいではないはずだ。

志堂は雅人の好きにさせながら、腰を動かし始めた。刺激に餓えていた粘膜を長々と擦って入ってきては、また同じだけ擦って出ていってしまう。

突き上げる速度がどんどんあがり、奥のほうまで先端が潜りこんできた。

「あっ、あっ、ああっ」

押しだされるように声をあげて、雅人は志堂の上着を握り締めた。このままだと、あまりもたずに達してしまいそうだ。

一晩中雅人を抱いていても精力の衰えない志堂と違い、達したぶんだけ雅人の体力は失われていく。一回をもっと我慢して、長く愉しむことを学べと言われているけれど、こんなに気持ちいいのに我慢などできない。

我慢させたいなら、気持ちよくしないでほしかった。

「い、やぁ……っ！　志堂さんっ、志、堂さ……っ」

気が遠くなりそうな愉悦を送りまれて、雅人は頭を打ち振るった。

「達っていいぞ。俺も出したい、お前のなかに」

志堂は言葉どおりに、雅人を追い上げる動きをした。

雅人が達くまで動いていてくれるのはわかっている。逞しいもので感じるところを何度も擦られて、雅人は一度も触られていない性器から熱い精液を吐きだした。

「んっ、く……っ」

射精しながら、雅人は包んだ志堂を揉みこみ絞り上げた。尻が疼いて、そうせずにはいられないのだ。

低く呻いて、志堂も雅人のなかで達した。男がドクドクと脈打って、最奥に熱い精液が注ぎこまれている。

絶頂に震える雅人の尻を抱え直し、志堂は間を置かずに再び突き上げを開始した。背中から覆い被さってきて、耳をねぶりながら囁く。

「俺のものだ……」

その声の響きに独占欲のようなものが感じられて、雅人はうっとりと目を閉じた。

まだ飽きられていない。まだそばにいられる。

どうしてそれを嬉しく思うのか、深く考える余裕を、腰に打ちつけられる淫らな音がかき消していく。上着を取り上げられ、代わりに与えられた志堂の手に指を絡めて、雅人の意識は底なしの快感に呑みこまれていった。


雅人は志堂に抱かれるままもたれかかり、ベンツの後部座席に座っていた。

セックスのしすぎで身体がだるい。まだ十八歳だというのに、この不健全な生活ぶりは問題ありだ。

向かっているのは、有名なステーキハウスである。

機嫌の悪い雅人に対する、明らかなご機嫌取りだった。

何度抱かれようと、なにを食べさせてくれようと、由佳子とどんな話をしたか志堂が教えてくれないかぎり、雅人の機嫌は直らない。

食事になんか行きたくないと突っぱねてしまうのは簡単だったが、セックスで体力を消耗した身にステーキは魅力的だった。色気より食い気とからかわれても、仕方がない。

シェフが目の前で焼いてくれる国産黒毛和牛、アワビ、大海老を雅人はたらふく食べた。志堂と一緒にいると、うまいものばかり覚えてしまって困る。

「今日は近藤さんと山本さんはどうしたんですか?」

席で勘定をすませて店を出るとき、雅人は訊いた。

志堂が出かけるときには必ずどちらかがついているのに、今日は二人とも姿を見せない。珍しいこともあるものだ。

「ああ、ちょっと用事を言いつけてある」

「用事って……」

由佳子に関する用事なのではと勘繰った雅人の頭を、志堂は笑ってぐりぐり撫でた。

店を出ると、黒志会の若い衆が三人、志堂と雅人を囲むようについた。店の前の道は狭く、テツの運転するベンツは、少し先に停まっている。

組員に囲まれて歩くのも慣れたものだと、雅人は思った。自分もヤクザの一員に見えてしまうことは諦めている。愛人だから、もうヤクザの一員だろうか。

そんなことを考えていたとき、道の反対側の端に止めてあった紺色のバンのドアが開いて、数人の男たちがこちらに向かって走ってきた。

「なんだお前らぁ！」

若い衆の怒鳴り声を合図に乱闘になり、雅人は志堂を仰ぎ見た。

「先に車まで走れ。すぐにカタをつける」

「でも、志堂さん！」

「早く行け！」

志堂は殴りかかってきた男の腹に、右ストレートを叩きこみながら怒鳴った。上品なスーツに包まれた太い腕が唸りをあげ、凶器そのものの拳が人間の身体にめりこんでいる。

その迫力たるや、重量級のボクシングの試合に勝るとも劣らない。雅人の助力などまったく必要としていないようだ。

思わず見惚れてしまった雅人は、バンから出てきたのとはまったく違う方向から小走りに寄ってくる男にふと目を留めた。

七月だというのに革のジャンパーを着こんで、キャップを目深に被っている。懐に手を入れる仕草が、堀田が以前雅人にドスを抜いて構えたときの仕草に似ていた。

次の瞬間、男は懐からナイフを取りだし、志堂に向かって突進してきた。

雅人は咄嗟に、志堂と男の間に身体を割りこませた。危ないという警告も、悲鳴すらもあげられなかった。

ドンという衝撃のあとで、脇腹が熱くなるのを感じていた。なにが起こったかはわかっていたけれど、雅人は恐る恐るそこに手をやり、指を濡らしているものを見て、見なければよかったと後悔した。

志堂は雅人から男を引き剥がして顔面を殴りつけ、倒れかかるところをさらに蹴り飛ばした。

「雅人っ！　しっかりしろっ」

志堂が抱いてくれたのと同時に身体の力が抜けて、雅人は意識を失った。

6

麻酔から醒めても、雅人は眠くてたまらなかった。

医師と看護師がなにやら話しかけてきたが、自分がきちんと受け答えできているのかどうかも、よくわからない。

病室に移されると志堂が待ってくれていて、それがとても嬉しかった。病院には母親の見舞いで何度も行ったけれど、自分の手術や入院となると初めてのことで、心細かったのだ。

志堂はぼんやりしている雅人の手を握り、

「もう大丈夫だ。すまなかったな」

と低い声で謝った。

雅人は力の入らない手で、その手を握り返した。寝ている間にどこかに行かれてしまうといやだから、五本の指を絡めてつなぎ直す。

見たところ、志堂はピンピンしていて、怪我を負った様子はない。

自分が刺されたあと、どうなったのか訊きたかったが、眠気に襲われて瞼が閉じてしまう。かといって、熟睡できるわけでもなく、まどろんだり起きたりを繰り返した。

明け方近くにふと目を覚ました雅人は、ジンジンと疼く傷の痛みに顔をしかめた。

「痛むか？」

志堂の声だった。もしかしたら、寝ずに様子を見ていてくれたのかもしれない。絡めていた指も、そのまましっかり握られている。

雅人が素直に頷くと、志堂は眉間の皺にそっとキスをしてくれた。優しい仕草に、不安だった気持ちが少し落ち着く。

「……びっくりした。マンガみたいに刺されるなんて」

雅人が掠れた声で言うと、志堂は苦しそうな顔で微笑んだ。

「ここは親父の、兵頭組の息がかかった病院だ。幸い傷は浅くて、命に別状はないらしい。安心してゆっくり休め」

「襲ってきたのは、誰なんですか？」

あんな襲い方をするのは、暴力団関係者としか考えられない。志堂はどこかの組と揉めているのだろうか。銃弾の飛び交うヤクザの抗争を想像し、雅人はぞっとした。

男が懐から取りだしたのがナイフで、まだしもよかったのかもしれない。

「今、調査中だ。この俺に喧嘩を売ってきたからには、きちんと落し前はつけさせる」

「落し前って……。あの、警察には行かなくても？」

「ヤクザの喧嘩に警察は必要ねぇよ。お前を刺したやつ、つまり俺を狙いにきたやつは捕まえてある。どうする？　いっぺん殴っとくか？」

「いいです」

雅人は即座に断った。

志堂がたとえ無傷であっても、黒志会の会長に襲いかかった男が捕まえられて、無事でいるわけがない。雅人が殴るまでもなく、その男はすでにボロボロになっているに違いなかった。

志堂は片手を雅人とつないだまま、もう片方の手で雅人の頭を優しく撫でた。

「なぁ、雅人。なんで俺を庇った？」

「……わかりません」

少し考えたが、それが正直な気持ちだった。ナイフを持った男が志堂に向かっていくのを見た瞬間に、身体が動いていたのだ。

傷口は痛むけれど、べつに後悔もなく、助けることができてよかったとさえ思う。

自分をじっと見つめている志堂の目が心配そうで、雅人は照れくさいような気持ちで無理に微笑んでみせた。

志堂もぎこちなく表情を緩ませる。ヤクザにしておくにはもったいないほど男前だと、こんなときにもかかわらず、呑気に思った。

これでは、由佳子が夢中になるのも仕方がない。顔も身体も財布の中身も、堀田とは月とスッポンだ。

志堂は相手にしていないようだが、由佳子は違う。男の扱いにも慣れた美しい姉が本気で迫れば、志堂だって悪い気はしないだろう。

由佳子と志堂がくっついていたところを思いだすのは、やはり不愉快だった。

雅人は握っているのとは逆の手で志堂の頬に触ろうとして、腕に点滴の針が刺さっていることにようやく気づいた。

絡めた指を外そうかどうか迷っていると、志堂が椅子から腰を浮かし、横たわる雅人を慎重な手つきで抱いてくれた。

雅人は耳の後ろや首筋に鼻先を突っこみ、志堂の匂いを嗅いだ。セックスのときなら興奮するが、今はやたらと落ち着いてしまう。

もっと懐きたくなって、自分の頬を志堂の顔に擦りつけた。

「お前は本当に猫みたいだな。予想もしないところで怒って、不意に機嫌を直してすり寄ってくる。甘えた声で鳴くくせに、人に媚びて取り入るような安いプライドは持ってねぇときた。逃げたがってるのかと思えば、ナイフの前に飛びだしてきて、俺の寿命を縮ませる。俺を振りまわせるのは、お前くらいだぞ」

「なんですか、それ。俺が勝手気ままに生きてるみたいに言わないでください」

雅人は少々ムッとして志堂から顔を離したが、今度は志堂が雅人のうなじや喉元に唇を這わせ、顎の先にキスをした。

「勝手気ままでいいと言ってるんだ。危ないと思ったら一目散に逃げろ。猫が逃げたからって、怒りゃしねぇよ」

「逃げようって気にならなかったんだから、しょうがないでしょう。それに、逃げたら志堂さんが刺されてました」

「俺はヤクザだから、刺されて死のうが撃たれて殺されようが、とっくに覚悟はできてる。だがお前は違う。可愛がられて、甘えてるだけでよかったんだ。わざわざ痛い目に遭いにきて、腹に傷跡まで残しやがって」

「……俺が余計なことをしたって言いたいんですか」

どう考えても褒められているとは思えず、雅人はあからさまにふくれてつっけんどんに言った。

「そうじゃねぇよ。無茶はするなって言いたいだけだ」

「無茶しようと思って無茶する人はいません」

「俺が逃げろと言ったら、逃げろ。逃げだすタイミングを間違うと、取り返しのつかねぇことになる。わかるな?」

「わかるけど、そのとおりにできるとはかぎりません」

「なんでだ？」

端的に訊かれて、雅人は言葉に詰まった。

次に同じことが起きても、自分は志堂を助けますと言っているようなものだった。二千万円で自分を買った男を。

キスもセックスもしたことがなかったのに、彼にすっかり慣らされて、男を受け入れて達ける身体になってしまった。

金で買われているという屈辱、彼の気分次第で決まる愛人の契約期間にどうしようもなく苛立ったこともあったけれど、彼に抱かれる行為そのものがいやだと思ったことはない。

大柄なうえに鍛えられて筋肉の浮き上がった肉体は男らしく、端整な顔立ちは男の自分が見ても格好いい。

煙草を取りだして銜える手つき、紫煙を吐きだす口元、オーダーメイドのシャツを着てネクタイを締める。どんな動作をしても、彼は雅人が憧れる大人の男そのものだった。

外見は。

のんびりと返事を待つつもりなのか、顎の下に吸いつかれて、雅人は軽く仰のいた。志堂は強く吸ったり、舌でねっとりと舐め上げたり、喉仏を歯で甘く噛んだりしている。

中身は最低なヤクザのはずだった。なのに彼は、資格を取るためのスクールに雅人を通わせてくれようとしている。

赤の他人の雅人のために、ほかの誰がそこまでしてくれるだろう。

由佳子に取られたくなかった。焼きもち焼きだと笑われたけれど、触れられたくもなかった。

雅人を抱いて、俺のものだと彼は言った。嬉しく思うのは間違っていると、今ならわかる。だが、わかっていいても嬉しかった。

「惚れちまったか、俺に」

「……！」

ハッと目を見開いて、雅人は十センチも離れていない場所にある志堂の顔を見つめた。

「いいんだぜ、もっと俺を好きになれ。だが、命はかけなくていい」

「俺はっ、べつに好きなんかじゃ……っ」

雅人はうろたえ、真っ赤になった。うっかり身体を捩って逃げようとして傷口が痛み、思わず呻いて顔をしかめる。

「まだ認めねぇとは、お前も頑張るな。それじゃ、誰が見ても納得するほど、俺に惚れさせてやるよ。俺から一秒だって離れたくなくなるくらいにな」

「う、自惚れるのもいい加減にしてください」

志堂は愛しげに雅人を見つめ、

「俺はお前が可愛いよ。お前が俺を自惚れさせるんだぜ」

と囁いた。

なにもかもを、雅人自身にさえわかっていないことも、すべて見通しているような瞳だった。

それ以上志堂を見ていることができなくて、雅人はぎゅっと目を閉じた。

噤んだ唇に、そっとキスを落とされる。舌も唾液も絡まない、触れ合っているだけのキスなのに、やけに恥ずかしくてならなかった。


雅人は傷が治るまで、病院に入院しているものとばかり思っていたが、朝一番で医師の診察を受け、昼過ぎには志堂のマンションに連れて帰られた。

寝室のベッドに寝かされ、医師と看護師が毎日通って容態を診てくれる。身のまわりの世話はテツやタクがしてくれた。寝室まで入ってくるのはその二人と、あとは近藤と山本くらいだったが、マンションの周辺にも兵隊が配備されているようだった。

一週間ほどで雅人は回復し、それを待っていたかのように、今度は都内のホテルに移動することを近藤から告げられた。

「なんで、ここを出てホテルに行くんですか？　志堂さんはどこにいるんでしょう」

雅人は不安になって、近藤に訊いた。

退院するときまではつき添ってくれていたが、そのあと志堂はいなくなってしまい、マンションに一度も帰ってこなかった。今またここを出ていくということは、志堂の住まいも志堂自身も安全ではないということだ。

誰もなにも話してくれないから、不安ばかりが募って、雅人は鬱々と日々を過ごしている。

「会長はご無事です。心配ありません」

「いつ会えるか、わかりませんか？」

「会長からご連絡があると思います。大丈夫ですよ」

詳しい事情の説明もなしに心配ないだの大丈夫だのと言われても、納得できるはずもない。

雅人は諦めて、テツが運転する白い国産の目立たない車に乗りこんだ。だいたい助手席に座る近藤が、雅人の隣で有事に対応できるよう、シートから背中を浮かせて座っているところがすでに、大丈夫の範疇を超えている。

「俺よりも、志堂さんについてるべきじゃないですか？　近藤さんも心配でしょう？　俺は平気ですから、志堂さんのところに戻ってください」

志堂が心配で、雅人は近藤に言った。

サングラスをかけて表情を崩さなかった近藤が、このときだけはほんの少し口元を綻ばせた。

「雅人さんを送り届けたら戻ります。雅人さんがこんなに心配なさってることを、会長にお伝えしておきます」

「わざわざ伝えてもらわなくても……」

雅人はぼそぼそと呟いた。

伝言ゲームのようなことをせずとも、ほんの少しでいいから志堂に会いたかった。元気な姿をこの目で見たい。

出会って一ヶ月ほどの男に、たったの一週間会えないのが、たまらなく寂しかった。せめて、電話くらいしてくれればいいものを。

ホテルに着くと、一般とは違うエレベーターに乗せられ、広いスイートルームに案内された。用があれば呼んでくれと言って、近藤とテツは出ていってしまった。

リビングルームの窓から見た景色は美しいが、それを楽しむような心の余裕はない。

ソファに埋もれるように座り、志堂のことを考えた。

会ったら文句を言ってしまいそうだ。志堂を庇って怪我までしたのに、事情も話してもらえずにのけ者にされている。そんなのはおかしい。

おかしいと思うのは、志堂の言うとおり、雅人が志堂に惚れてしまったからだろうか。

雅人はクッションを抱き締め、ころんと横になって猫のように丸くなった。彼を好きなのかどうかは置いておいて、少なくとも今は、一秒でも彼と離れたくないと思っている。

寝ても覚めても、彼のことばかり考えている。

声が聞きたい。抱き締めてほしい。キスがしたい。抱き締めたい。

「志堂さん……」

そう呟いただけで涙が出るほど、雅人の頭のなかは志堂のことでいっぱいだった。

今度誰かが様子を見に来たら、志堂や黒志会の様子をもう一度訊いてみようと雅人は思った。

なにをする気にもなれず、ソファでごろごろしながら日が暮れていくのを眺めていたとき、チャイムが鳴った。

テツか近藤だろうと思い、確認もせずにドアを開けると、そこには志堂が立っていた。

「志堂さん！」

雅人は我知らず、待ち焦がれた声で叫んだ。

一週間ぶりとは思えないほど、志堂は普段どおりだった。高そうなスーツを粋に着こなし、サングラスを胸ポケットに落とし入れる。

自分を見つめる、機嫌がいいときの志堂の顔が、雅人は好きだった。

「元気になったたな。俺のこと、心配してたんだって？」

意地も張らずにこくんと頷き、なにがあったか訊こうとして、雅人は志堂の後ろに立っていた女性にようやく気がついた。志堂の背中に隠れてしまって見えなかったのだ。

「姉さん……」

雅人は呆然と呟いた。どうして由佳子が志堂と一緒にいるのだろう。自分は一週間、志堂の声さえも聞けなかったのに。

途端に胸を焼くような嫉妬を感じて、雅人は顔をしかめた。

「大丈夫なの、雅人。刺されたって聞いて、本当にびっくりしたのよ」

ワンピースに丈の短いジャケットをはおった由佳子は、ホテルのラウンジで会ったときよりやつれて見えた。ものも言わずに逃げたっきり電話もしなかったので、なんだか気まずい。

雅人がどうして逃げたのか、敏い由佳子は気づいてしまったかもしれない。

「うん、もう大丈夫。なんでここに?」

目を見ないようにして雅人が訊くと、由佳子は唇を噛んで俯いた。

「姉さんはお前に謝りたいことがあるんだとさ。そのために連れてきたんだ。座ってゆっくり聞いてやれ」

志堂は雅人の手を引いて、この豪華な部屋の主みたいに堂々とリビングルームに行き、由佳子にソファに座るように促した。そして、雅人に向かって、

「傷はもう痛くないか?」

と優しく訊いた。

「少し引きつれるような感じはするけど、平気です」

「ついててやれなくて、悪かったな」

黙って首を横に振った雅人を、志堂はぎゅっと抱き締め、頬に軽くキスをした。ソファにどっかりと座ると、姉の前での突然のスキンシップに固まってしまった身体を脚の間に挟み、膝の上に無理やり腰を下ろさせた。

「し、志堂さん……っ!」

赤くなった雅人はなんとか膝から下りようとしたが、胸と腰にがっちりとまわされた太い腕がそれを許してくれなかった。

もがく雅人を由佳子に見せつけるように抱き締めて、志堂はさっさと話を始めた。

「俺を狙った連中だがな、山野組のやつらだった。竹内組の枝で、組は小さいし組員も少ない。そんなとこが勝ち目もないのになんで俺を狙ったのか、不思議だろ?」

「竹内組系列の組ってことですか? 竹内って……」

近藤に志堂の話を聞いたときに、出てきた組の名前だった。兵頭組の宗像組長を襲撃したため、志堂が報復し、そのせいで刑務所に入ることになった。

雅人の疑問に答えるように、由佳子がそっと口を挟んだ。

「雅人のお父さんの名前も竹内だったでしょ。私は竹内のおじさんって呼んでた。覚えてる？」

「もちろん」

「ごめんね、雅人。雅人が刺されたのも、こんなことになったのも、私のせいなの。謝っても許されないと思うけど、ごめんなさい」

瞳に涙を浮かべた由佳子は、悄然と頭を垂れた。

「それ、どういうこと？」

「竹内のおじさんは雅人の本当のお父さんで、竹内組の組長さんなの」

「……」

雅人はあまりに驚いて、由佳子をぽかんと眺めてしまった。自分を抱いている志堂を振り返ると、肩を竦めてみせただけで否定はしなかった。

つまり、本当のことなのだ。

「最初から話すから、聞いてくれる？　お母さんと竹内のおじさんがつき合うようになったとき、私は六歳だったわ。おじさんのこと、あんまり詳しく覚えてないって雅人には言ってたけど、本当は違うの。おじさんは母の連れ子だった私にも優しくしてくれた。お小遣いをくれたり、おもちゃやお菓子なんかもたくさん買ってくれたりして可愛がってくれたの」

母の敦子が雅人を身ごもり、竹内に妻子がいることが発覚するまでの二年間は、それは楽しい日々だった。結局不倫だったことがわかって敦子から絶縁を言い渡されたものの、竹内は生まれてもいない赤ん坊のことが気になってしようがなかった。

認知はできないが、養育費は払ってこっそりと面倒をみるつもりだったのだ。敦子に激しく拒絶された竹内が目をつけたのは、小学生になっていた由佳子だった。

男の子が生まれて雅人と名づけられ、その後どんなふうに成長したか、由佳子を通して、あるいは自分の組の若い衆に調べさせたりして、竹内は我が子のことをずっと見守ってきた。

敦子はもちろん、本妻にもばれないように細心の注意を払いながら、それは十七年間つづけられたのだ。

「まだ子どものころだけど、竹内のおじさん、こっそりうちの近くにやってきて、雅人を見てたことがあるのよ。お母さんには絶対に見つからないように雅人に渡してくれって、お小遣いとか手紙とか預かったこともある。私、雅人には渡さなかった」

「……どうして？」

由佳子は当然のことのように言った。

「悔しかったから。だって、私のお父さんは死んでいないのに、新しいお父さんになってくれると思った人は、本当に血のつながった雅人のことしか気にしてない。おじさんにとって私は娘でもなくて、ただの連絡係だった。雅人ができるまではあんなに可愛がってくれたのにって思うと、悔しくて悲しくて、寂しかったの」

手紙や金銭は年を経るごとになおいっそう渡しづらくなり、そのうち、竹内もなにかを感じたのか、手紙を書いて渡すことはなくなった。相変わらず由佳子に小遣いはくれて、密かなつき合いはつづいていたけれど、それだけだった。

敦子が死んだとき、竹内は連絡を寄越し、雅人がまだ高校生であることから金銭的援助を申し出てくれた。ありがたかったが、受けるわけにはいかなかった。

由佳子はすでに借金を繰り返し、同居の恋人は雅人の学資保険を使いこんでいた。援助を受ければ、雅人と竹内が接触し、内情がばれてしまう。

堀田と雅人の折り合いが悪いことはわかっていたし、堀田のせいで雅人が進学を諦めたなどという話が伝わったら、竹内は怒るだろう。雅人への手紙や小遣いを渡さずに自分のものにしていたこともばれて、由佳子の評価は地に落ちる。

竹内はいつも由佳子に優しかったが、暴力団組長であることに違いはない。真実など恐ろしくて言うに言えず、雅人は父親には会いたくないと言っていると嘘をついた。

「そう言うしかなかったの。雅人だって、父親なんてどうでもいい、いないものだと思ってるし、会っても話すことなんかないって言ってたでしょう。雅人がすごく会いたがってたなら、もう少し考えたんだけど。ごめんなさい」

雅人は無言で、由佳子を見つめた。

ごめんなさいと謝っているが、それは言葉だけのことで、雅人に対してなにが悪かったと思っているのか、よくわからない謝罪だった。いつもの由佳子と変わりなく、それがかえって、由佳子の話が真実であることを雅人に信じさせた。

かける言葉もない雅人を、一度あやすように膝の上で揺すって、志堂が言った。

「お前の大好きだった母親代わりの優しい姉さんは、十八年間嘘に嘘を重ねて、お前が少しでも幸せになろうとすると、即座にその芽を摘み取ってきたってことだ。お前に借金返済の肩代わりまでさせといて、ひどい姉さんだなぁ」

志堂の嫌みに由佳子は怯んだが、驚いたことに言い返した。

「で、でも、雅人は少なくとも、母には嘘をつかずにすんだわ。竹内のおじさんは雅人に会いたかったかもしれないけど、母はいやがっておじさんの名前さえも教えないほどだったから。家族の間で秘密を持つのがどんなに大変なことか、わからないでしょう」

「罪悪感なしにおふくろさんを看取ることができたんだから、感謝しろってか」

「志堂さん」

雅人は攻撃的な志堂をなだめて、由佳子に話の先を促した。

「一ヶ月前、雅人が志堂さんのお世話になると決まったときは、悩んだわ。志堂さんに竹内のおじさんのことを言うべきかどうかわからなかったし、竹内のおじさんには余計に言いだせなかった。黙ってるしかなかったの」

「黙ってた？　じゃ、どうして山野組の人たちが志堂さんを襲いにきたの？」

「それは……」

由佳子は口ごもり、面を伏せた。

「言いにくいなら、俺から言ってやろう。一週間前にホテルのラウンジで会ったとき、こいつはお前の代わりに自分を愛人にしてくれって迫ってきたんだよ」

雅人と由佳子は、同時に弾かれたように顔を上げた。

自分が志堂の愛人であることを姉に知られていたショックと、その姉が志堂に愛人交替を迫っていたという信じがたい事実に、頭のなかが真っ白になった。

「嘘よ、迫ってないわ！」

顔を真っ赤にして、由佳子は志堂を睨んでいる。

志堂はそれを鼻で笑った。

「弟よりも私のほうがずっといい、なんなら一度試してくれてもかまわない。そう言ったじゃねぇか。満足させてみせるって」

雅人は由佳子を見ていられずに、首を捻って志堂のネクタイの結び目に視線を落とした。

「試してねぇから拗ねなくていいぞ、雅人。俺が相手にしなかったもんだから、腹が立ったんだろう。俺が訊く前に竹内のことをベラベラしゃべって、雅人がいかに俺の愛人に相応しくないか、力説してくれたぜ。雅人と竹内の関係は知ってたから、俺は驚かなかったがな」

「……知ってた？　知ってたって？　俺の父親が誰かってことを？　いつから？」

びっくりして矢継ぎ早に質問する雅人の腰を、志堂は落ち着かせるようにポンポンと叩いた。

「竹内って名のヤクザが父親だ、なんて言われてこの俺が、へぇそうか、ですませるわけがないだろうが。簡単だったぜ。お前らの母親が当時勤めてたクラブを探して聞きこんだら、竹内のことはすぐにわかった。同じ環境で育ったのに、お前はヤクザが嫌いで、姉さんはヤクザが大好き。どう考えたっておかしいが、おふくろさんが竹内と別れてからも、弟の情報を売って小遣いをもらってたんだ。こんなうまいシノギはそうそうないぜ。ヤクザ様様じゃねぇか」

「そんな言い方しないで！」

「どんな言い方をしても同じことだ。俺に洟も引っかけてもらえないとわかって、お前は今度は竹内のほうに俺と雅人のことをタレこんだ。雅人が志堂ってケダモノにおもちゃにされてる、助けてあげてとかなんとか、あることないこと吹きこまれた竹内は、お前の思いどおりに激怒して、可愛い息子をケダモノの手から取り返そうとした。そうだろう？」

「それって……」

雅人は志堂の顔をまじまじと覗きこんだ。

それでは山野組の襲撃は、雅人が原因ということになる。自宅にも帰らず、場所を変えて潜伏しているのも、雅人が志堂のところにいるからなのだ。

志堂は雅人を怒るどころか、逞しい腕を腰にまわして、雅人が膝から落ちないようにがっちりとホールドしている。厄介者を放りだしたがっているようには見えず、雅人は戸惑った。

もう少し詳しく事情を訊かなくては、と思ったとき、由佳子が突然泣き崩れた。

「まさか、雅人が刺されるなんて……っ、思いもしなかったの。ごめんね、雅人。ごめんね……っ」

「姉さん……」

としか言えなかった。

入ってきた情報量が多すぎて頭が混乱し、身体を震わせて泣いている由佳子をなだめようという気にもならなかった。いないと思っていた父親が突然現れ、自分を取り返そうとしている。

話し合いなどではなく、武力をもって相手を傷つけるやり方で。

そのすべての発端となったのは、姉である由佳子だった。

「お前は雅人をなんだと思ってやがる。自分の都合で弟を振りまわして、泣いて謝ったらそれで終わりか。そんなに雅人が嫌いか？　憎かったのか？」

そう訊いたのは志堂だった。

あまりにもストレートな問いに、雅人のほうがビクッとなった。嫌いだ、憎いと言われたらどうすればいいのか。

しかし、由佳子はすぐに否定した。

「馬鹿なことを言わないで。弟なのよ、忙しかった母の代わりに私がおむつを替えて、お風呂に入れて、ご飯を食べさせて……可愛いに決まってるじゃない。自慢の弟だわ」

「いくら可愛くても、弟はお前の人形じゃないぜ」

「わかってる。ちゃんとわかっています。だけど、あのときはカッとなってしまって、自分で自分のしてることがよくわからなかったの。信博はいなくなっちゃうし、お金はないし、竹内のおじさんも志堂さんも雅人のことばかり。お母さんだって、雅人のほうが好きだったわ。どうして……どうして私じゃいけないの……っ」

由佳子はそう言って両手を顔で覆い、再び激しく泣きだした。

嫌われてはいないようだが、妬まれてはいたようだ。詰めこまれた情報を処理できていない雅人は、片手を志堂の肩にまわしてぎゅっとしがみついた。

悲しげな由佳子の嗚咽だけが、リビングルームに満ちていく。息苦しくなったとき、来客を知らせるチャイムが鳴った。

志堂を見ると、軽く頷いてくれたので、雅人は救われた思いでドアに向かった。

「お迎えにきました」

テツとタクを従えた近藤が言った。

てっきり志堂を迎えにきたのかと思ったが、彼らは泣いている由佳子を連れて出ていった。

由佳子はドアを出る前に振り返り、雅人にもう一度謝ったが、雅人はぎこちなく微笑むのが精一杯で、いいんだよとか、許してあげるというような、彼女が望んでいる言葉をかけることはできなかった。

そして、姉の期待に添えない自分に軽く自己嫌悪した。慕ってきた姉に失望し、愛想を尽かすことは、雅人にとってはとても難しいことだった。

十八年間の思い出というものには、計り知れないほどの重みがある。

リビングに戻ると、志堂は悠々と煙草をふかしていた。

「竹内って人のこと、いつから知ってたんですか?」

雅人は灰皿を彼の前に置き、隣に座って訊いた。

「父親の名前を聞いたのは、お前を初めて抱いた夜だ。まさかと思ったが、竹内ってのは因縁のある名でな。気になって調べさせた」

「俺にも教えてくれればいいのに」

「父親なんかいらないって、お前が言ったからだ。前に、父親に会ってみたいかって訊いたことがあったろう？　そしたらお前、ポッと出の男に父親面されるなんざ真っ平ごめんだって、サバサバした顔で言いやがった。だから、言わないことにした」

「俺がちょっとでも会いたがってたら、教えてくれたってこと？」

「いいや」

「え？」

志堂は煙を吐きだし、悪い男の顔でニヤリと笑った。

「お前はもう俺のもんじゃねぇか。子どもは大きくなって親離れするもんだ。パパなんか必要ねぇだろ。とはいえ、お前がパパをいらなくても、パパはお前を欲しがるに違いない。由佳子なら詳しい内情を知ってるだろうから、正直に話させる方法を考えてたんだ。ラウンジで会うことになったのはちょうどよかったし、お前は可愛い焼きもちを焼いて席を外してくれたしな。おかげでいろいろ聞きだすことができて、うまくいった。竹内と由佳子の間の細かいやりとりは、どっちかに訊かねぇことにはわからんからな」

「そのときに、俺が愛人だってことも言ったんですか？」

「いや、もう知ってたぜ。前に『プレシャス』ってクラブに行っただろう？　あそこのホステスと友達なんだと。しかしお前の姉さん、案外驚いてなかったぜ」

「……え」

「お前が学生時代に苛められたり、男から迫られたりしてるのを、知らないわけじゃなかっただろうからな」

志堂から以前、お前は男好きのする顔だと言われたことを思いだして、雅人は俯いた。自分のせいではないはずなのに、それがやけに恥ずかしかった。

「そんな顔をされると抱きたくなる。寂しかったか？　俺に会えなくて」

志堂は大きな手で雅人の頬を包みこんだ。

「今、どんな状況なのか教えてください」

雅人は志堂の手を頬から外させ、姿勢を正して言った。寂しいだの会いたいだのと言っている場合ではなかった。

誰がなにをしたのか、そこまでわかっていて志堂が黙って逃げまわっているとは思えない。

「ああ？　どうやら、竹内組も内部で揉めてるようでな。俺たちを襲撃した山野組の連中は、この話をどっからか聞きつけて勇み足になった。もともとシャブのやりすぎで頭のおかしいやつらだ。俺を殺してお前を竹内の元に返せば、竹内の信頼を得られると思ったらしい。それでお前を刺したとあっちゃ、大失態もいいとこだぜ。うちだって組のメンツってもんがある。竹内とは十四年前からの因縁があるからな。黙ってるわけにはいかん」

因縁とは、志堂の親である宗像組長が、竹内組の組員に襲撃された事件のことだろう。

「そんなこと、やめてください」

「もう始まって、終わっちまったぜ。山野組のほうはな」

志堂はけろりとして言った。

報復措置に出て三日も経たずに山野組を壊滅寸前にまで追いつめた黒志会に対して、竹内組は山野組組長を絶縁、襲撃に関わった組員も全員破門して、山野組を解散させた。

黒志会と事を構えるということは、兵頭組との抗争を意味する。

このままでは十四年前と同じことが起こり、十四年前の志堂は兵頭組の組員でしかなかったが、今は兵頭組の跡目継承も噂される黒志会の会長だ。関東の暴力団組織を揺るがす抗争に発展することを懸念し、兵頭組とも竹内組とも姻戚関係を結んでいる墨田《すみだ》会会長の荻島《おぎしま》が仲裁を買ってでて、黒志会には見舞金を出し、竹内組若頭の指詰めをもってして手打ちにしてほしいという竹内からの申し出を伝えてきたが、志堂はそれに納得できず撥ねつけたという。

「どうして納得できないんですか」

雅人のほうが納得できずに、志堂に詰め寄った。

ここで仲直りをしておかなければ、再び志堂が刑務所に入れられる可能性もある。服役ですめばいいが、殺されたりしたら元も子もない。

「納得できるか。たいして重要でもない枝を解散させて、汚い指と金をもらったからってなんになる？　お前のことはすっぱり諦めるって証文がもらえないことには、こっちも引き下がることはできねぇ」

「俺を諦める？　俺は顔も知らない人のとこに行くつもりは……」

雅人は言いかけて、口を噤んだ。

「仲裁が物別れに終わったあとでな、竹内が俺に内内に連絡を取ってきた」

今回のことは全面的に自分たちが悪かった、身近な者以外には内緒にしていた雅人のことが、どこから山野組に漏れたのか自分たちにもわからず調査中である、と謝罪した竹内は、志堂が望む金額の見舞金を支払うから、雅人を返してほしいと言ったらしい。

「それで、なんて返事をしたんですか？」

雅人は不安になって訊いた。

「誰から何度同じ話をされても、答えは同じだ。金も指もいらねぇ、雅人は返さねぇって断ったから、家を出るはめになったんだろうが」

「志堂さんも黒志会の人も、竹内組に狙われてるってことですか？　俺のせいで？」

「お前のせいじゃない。狙われてんのはお前のほうだ。うっかり誘拐されねぇように、気をつけてくれよ」

「俺を突きだせばいいじゃないですか。そうすれば、丸く収まるんでしょう？」

「収まらねぇよ。せっかく懐かせた可愛い可愛い俺の猫を、よその男にやれるか。捨て猫は拾ったもん勝ちだ。そうだろう？」

　志堂の軽口を、雅人は無視した。

「俺、その竹内さんって人に一度顔を見せて、説明してきます。志堂さんにひどいことをされてるわけじゃないってわかったら……」

「わかったら？　お前を諦めて、愛人として俺のところへ返してくれるってか？　それは無理ってもんだろうよ」

「でも、でも……俺のせいで迷惑をかけたくない」

「お前は俺を庇って怪我したんだぞ。そんなお前を、はいどうぞって渡せるか」

「死ぬような怪我じゃなかったし、もう平気です」

「なんだお前、そんなにあいつんとこに行きたいのか？　パパが恋しいか？」

　ムッとした志堂に言われて、雅人はうなだれた。

「行きたくないけど、ほかに方法がないのなら仕方がないと思います」

「泣かせる決意だが、それはお前の考えることじゃない。俺に任せて、お前はここでかくれんぼしながら、休んでればいい」

志堂は雅人の腰を両手で掴んでぐっと持ち上げると、向かい合わせにして膝の上に乗せた。

志堂の脚を跨いで太腿の上に座らされた雅人は、思わず赤くなった。こんな格好で抱かれたことが、何度もある。

恥ずかしかったが、久しぶりに触れた志堂の筋肉質な身体にホッとした。両腕をまわしてしがみつき、耳の後ろに唇をくっつける。

そうしているだけで不思議と気持ちが落ち着いた。これまでまったく知らなかった世界に突然放りこまれ、わけがわからないまま襲われて怪我をし、自分がいかに緊張していたかを雅人は思い知った。

そして、その不安が志堂と触れ合っているだけで治まっていくことを、驚きとともに受け入れた。

「お前は俺のものだ。そもそも俺はあのオッサンの、返せって言い方が気に入らん。もとから顔も知らない他人みたいなもんだろう。厚かましいにもほどがあるぜ」

「でも俺は、志堂さんにも黒志会の人にも怪我なんかしてほしくないんです。みんな拳銃とか刃物とか、持ってるんでしょう？　怖いから、やめてください」

「やくざの喧嘩はそういうもんだ。みんな、覚悟はできてる。俺たちのことを心配する暇があったら、早く元気になれ。次に会ったら、思いっきり抱く」

「……もう、大丈夫です」

「まだ駄目だ。無理はさせたくない」

わりと勇気を出してＯＫしたのに、にべもなく断られて、雅人は志堂の耳に噛みついた。久しぶりに会えて盛り上がっているのが自分だけだなんて、恥ずかしすぎる。

「次っていつ？　ここには帰ってこないんですか？」

「帰ってくるさ。だから、いい子にして待ってな」

志堂は雅人を耳から引き剥がし、唇を深く合わせて情熱的なキスをした。

離したくなくて自分から求める雅人を軽く笑っていなし、抱き上げたときと同じように膝から下ろす。まるで荷物を上げ下げしているようだ。あるいは猫を。

「雅人、俺を見ろ」

ふてくされてソファに座りこんでいた雅人は、志堂に命じられてのろのろと彼を見上げた。

「お前、目の色が変わってるっていちゃもんをつけられるのがいやで、正面から人の目を見て話さなくなったって言ってたろう？」

「……はい」

「俺に抱かれてるときは、真っ直ぐ見てるぜ。泣きながら俺にしがみついて、たまらねぇような目で俺を見つめてる」

「……」

「お前の目が好きだ。お前の目は俺を雄に変える。ずっと見てろ、俺だけを」

雅人はぼうっとしたまま、志堂を見つめていた。

思えば、こんなふうに親密に誰かと見つめ合ったことはなかった。自分を見つめる誰かを、妙な気にさせてしまう自分の瞳が嫌いだった。

誰彼かまわず媚びているように思えて、自分がひどくいやらしい人間になった気がしていたから。

だが、志堂ならかまわない。雄に変えられるなら、変えたい。今すぐにでも。

「ほかの男をそんな目で見るなよ。俺だけにしとけ」

雅人の瞳の奥の気持ちに気づいたのか、志堂は苦笑しながらそう言って、雅人の頬を撫でるように二回叩いただけで出ていってしまった。

追いかけることもできず、ドアが閉まる音を聞き、雅人は彼の代わりに、彼が残した煙草の吸殻を長い間見つめていた。

7

それから一週間経っても、志堂はホテルに帰ってこなかった。何度かもらった電話では怪我もしておらず元気なようで、それだけが救いだった。

雅人についてくれているのはテツだけで、テツは雅人がいくら勧めても、ベッドで寝ようとはせずに、リビングのソファで夜を過ごした。志堂にそのように指示されているらしく、雅人はいっさい外に出してもらえなかった。

食事はルームサービスで取り、テツだけは一日に数回外の様子を探りに出ていって、三十分ほどで帰ってくる。もしかしたら、外には黒志会の組員が見張りをしているのかもしれない。

テツは最初、詳しい事情を知らず、雅人にも訊かないように気を使っていたが、雅人のほうが独りで悶々とすることに耐えきれなくて、話してしまった。

「志堂さんたち、どうなってるんだろう。黒志会の人も怪我とかしてないかな」

昼食に取ったルームサービスのサンドイッチを手に持ったまま、雅人はぼんやりと呟いた。

「大丈夫っスよ。近藤の兄貴も昨日の電話じゃ元気だったたし、誰かがタマを取られたって話も聞いてないいし」

「俺が竹内さんのところに行けばいいのかな」

それはこの一週間で何度も考えたことだった。このような騒ぎになったのは、雅人の存在があったからだ。

厄介な雅人など放りだしてしまえば抗争は終わるのに、志堂はそうしない。

二千万円で買った自分に、それだけの価値があるのだろうか。雅人の価値が高いというよりは、志堂は売られた喧嘩を買って、買ったからにはなにがなんでも勝ちたいと意地になっているのではないだろうか。

「そりゃ駄目っスよ。雅人さんを行かせたら俺が殺されるし、行ったら最後、こっちには帰ってこれないと思う」

とんでもない、とテツはしかめた顔の前で手を振った。

「どうして？」

不穏な意見に、雅人は首を傾げた。

「会長と山本さんが話してたのを、タクが聞いてて教えてくれたんスけどね。竹内組長には本妻との間に息子が二人いて、長男はヤクザ同士の抗争に巻きこまれて何年も前に死んじゃって、次男のほうも二年前にバイク事故であの世行きだそうで。つまり、雅人さんの異母兄にあたる人が二人とも亡くなってるんスよ」

「……」

父親の顔も知らない雅人には、兄と言われてもピンとはこなかった。事故死とは気の毒に、と思いはしても、ただそれだけだ。

「息子を二人とも亡くした竹内組長は、いっときは引退するんじゃないかってくらい沈んでたって。そこへきて、この騒ぎっスよ。雅人さんのおふくろさんが生きてりゃ、引き取ることはできなかったし、雅人さんが堅気として真っ当に生きてても、引き取ろうとはしなかったかもしれない。息子はもういないものとして諦めるつもりだったけど、十四年前に痛い目に遭わされた会長のところに置いておくくらいなら、自分が取り戻して教育し直して、竹内組の跡目でも取らせるつもりなんじゃないかって」

「……なにそれ」

雅人は限界まで眉根を寄せた。

「今どき、実子が跡目を継ぐなんて、はやってないよ。極道のつらさは自分が一番よく知ってるから、子どもには堅気でいてほしいと思うらしくて、ヤクザの息子がヤクザになったって話はあんまり聞かないし、子どもだからって簡単に跡目が継げるほど甘い世界じゃないしね」

「じゃあ、俺のことなんて放っておいてくれればいいのに。いまさら息子だ父親だって言われても、迷惑なだけだよ」

雅人が吐き捨てるように言うと、テツは気の毒そうな顔で頷いた。

「雅人さんの気持ちはよくわかるけどね。でも、竹内組は今の四代目竹内剛三《ごうぞう》組長までずっと実子が継承してきたそうで、なんていうんだろ、伝統ってやつ？　やっぱ子どもに継がせたいって思いが、よその組長より強いんじゃないかなぁ。十四年前にうちの会長が指揮したっていう抗争のときは、先代がまだ組長のときで、本当なら竹内組は解散になってもおかしくなかったのに、初代と先々代に世話になった人が多くて、先代が引退することで結局手打ちになったそうっスよ。当代の竹内組長はそのときに就任したんだね」

「そんな伝統のある組を、父親の名前を十八年も知らなかった堅気の息子が、いきなり継げるわけないよ。まわりの人も許さないでしょう。うちで言うなら、山本さんとか近藤さんみたいな立場の人が止めると思うけど」

「でも、最終的には会長の意見が絶対っスよ」

たしかに、テツの言うとおりだった。

「俺は司法書士になって堅実に生きるって夢があるから、ヤクザにはならないよ。志堂さんだって、知ってる。資格でもなんでも取ればいいって言ってくれたのは、志堂さんだし」

「資格を取るのと、実際に働かせてくれるのとはちょっと違うんじゃないっスかね」

テツは鋭いところを突いてきた。

「そりゃ、志堂さんの愛人でいるうちは無理だけど、いつか捨てられたとき、資格もなにもなかったら就職するのに困るんだから」

「捨てられたりはしないと思うけど」

「なんで？」

「だって、いつか捨てる愛人のために、竹内組と事を構えたりはしないよ。いつか捨てるとわかってたら、今捨ててもいいと思う。だから俺は、雅人さんが司法書士の仕事には就けないに一票」

「……そんな一票はいりません」

雅人は嬉しいような困ったような複雑な気持ちになって、俯いた。

「だから、竹内んとこに行こうなんて考えずに、じっとしてて。雅人さんを取られたら、うちの負けなんだから。取り返した息子を敵対する組に戻すような親はいないよ。俺は死んでも雅人さんを守るから」

「死ななくていいよ！　死にそうになったら、俺を差しだせばいいから」

「そんなわけにはいかないっス。俺も男だ、大船に乗った気で任せてよ」

「テツさん……」

テツは雅人を安心させるために言ったのだろうが、命をかけるというテツの決意は、雅人をいっそう追いつめた。

やはり、このままここでじっと隠れているわけにはいかない。誰かが犠牲になる前に、いや、これ以上の犠牲が出る前に、なんとかしなければならない。

そのためにはどう考えても、竹内に会って話し合うことが必要だった。竹内がなにを考えているのか確かめ、親子としての関係を新たに始めるつもりはないと、はっきり告げるべきなのだ。

始まってしまったヤクザ同士の抗争は、もはや雅人一人の手に負えるものではないだろうが、そうすることで、少なくとも終結は早まるだろう。

だが、テツが言うように、そこでもし竹内が雅人を帰さなかったり、雅人が志堂と縁を切ることを終結の条件としたならば、志堂とは二度と会えなくなるかもしれない。

——そんなのは絶対にいやだ。

雅人は唇を噛み締めた。志堂のところに帰ってきたかった。

なんの変哲もないフリーターで、特技もなければ魅力もなく、セックスも下手くそで、潤沢に持っているのは姉の借金だけ。

どうして志堂が自分を気に入ってくれているのかわからないけれど、俺だけを見てろと言われているかぎりは、彼のそばで彼だけを見ていたい。

しかし、志堂がいなくなってしまったら、近くからも遠くからも見ることはできなくなってしまうのだ。

志堂を生かすために、テツたちを巻きこまないために、雅人はつらい決意を固めた。

夕方、雅人はテツが外に出ていった隙に、由佳子に電話をかけた。竹内の連絡先を知ってそうな知り合いは、由佳子しかいなかったからだ。

かける言葉もないまま別れたきりで気まずかったが、そんなことは言っていられない。

竹内と会って話をしたいので連絡先を教えてほしいと伝えると、由佳子は間を取り持つと言ってくれた。そのはしゃぎようは雅人が驚くほどで、地に落ちた姉の株を少しでも上げたいと考えているようだった。

『私も一緒に行ってあげる。だって二人で会うの、気まずいでしょ。それに雅人はおじさんの顔も知らないし。竹内のおじさんはあんたのこと、ずっと心配していたの。私が……意地悪して教えなかっただけで。悪い人じゃないのよ。黒志会とも本当は揉めたくないんだと思う。雅人をやくざにするつもりはなくて、ただ黒志会から自由にしてやって、ときどきでいいから普通の親子みたいに会いたいだけなんだって、おじさんは言うの。私、それは嘘じゃないと思うわ』

「話せばわかってくれる人だってこと?」

少しの希望が見えてきて、雅人は強張らせていた身体から力を抜いた。

『もちろんよ。おじさんと連絡が取れたら、メールで知らせるわ。抜けだせそう？』

「俺についていてくれてるのは一人だけだけど、外には何人かいるかもしれない。俺は部屋から出してもらえないから、わからないんだ」

『それじゃ、私が見張りがいるかどうか確かめながら、そっちに迎えにいくわ。竹内のおじさんは自分のところの組員を寄越してくれると思うけど、それじゃちょっとまずいもんね』

「すごくまずいよ。黒志会の人には手を出さないように、姉さんからも念を押してほしいんだ」

『わかったわ。二人でなんとか頑張って抜けだしましょう』

張りきって電話を切ろうとした由佳子は、ふと思いだしたように言った。

『ねぇ、こんなときになんだけど、信博のこと、なにか知ってる？』

「ううん、なにも。松川組を破門されたあと、行方知れずだとしか聞いてない。どうしたの？」

『昨日なんだけどね。お店から帰ってきたときに、マンションの入り口で信博らしき人を見かけた気がするの。すごく痩せてたから、違う人かもしれない。信博なら私に声をかけるだろうし』

雅人の顔には自然と皺が寄ってしまった。

「姉さん、もしあいつが来ても……」

『わかってる。よりを戻そうとか、そんなことはもう考えてないの。借金のことも雅人のことも、全部おじさんにばれちゃったから、もうどうでもいいのよ』

「ばれたからどうでもいいって、どういうこと？」

由佳子は竹内から預かっていた雅人への手紙を、捨てずに全部保管しており、それを堀田に知られて脅されていたのだと言った。

『私が嘘をついてたことを、おじさんには知られたくなかったの。私とおじさんは本当の親子じゃない、嫌われたら終わりだってわかってるから怖かった。松川組を追いだされたあいつが、おじさんのところに言って全部話してしまうんじゃないかって、ずっと不安だった。でももう、なにもかもばれちゃったんだもの。怯えることなんかないわ』

「……姉さん、それで堀田と別れられなかったの？　脅されて金を渡してたの？」

『それだけってわけでもないわ。手紙のことを知られたのはうちで同居し始めてからだし、あんなろくでなしを好きになった私が悪いの。そうだ、今さらだけど、おじさんから預かってた手紙を今度渡すわ。ねぇ雅人、私、本当にいいお姉さんじゃなかった。……ごめんね』

その一言の謝罪に、心がこもっていたのは初めてだった。

雅人は一瞬、言葉を失うほどに感動し、鼻の奥がツンとなったのを堪えて言った。

「もういいんだ。たった二人の姉弟なんだから」

『……ありがとう』

由佳子は竹内に電話をすると言って、雅人との通話を終わらせた。

堀田かもしれない男の出現は雅人を不安にさせたが、姉が変わりつつあることの嬉しさは、その不安を吹き飛ばしてしまった。

竹内との話し合いもきっとうまくいくと信じて、雅人は携帯電話を握り締めた。


由佳子からメールがあったのは、夜の八時前だった。

夕食をすませた雅人は、テツの目を盗み、トイレでメールを見た。

一時間後に、竹内が側近数人だけを連れて、ホテルまで車で迎えにくる。部屋には由佳子が一人で向かい、テツの気を引くように行動するから、雅人はその隙を突いて逃げだすようにと書いてある。

うまくいってもいかなくても、やるしかなかった。

由佳子は一時間後にやってきて、チャイムを鳴らした。

「誰だろう。ルームサービスも頼んでねぇのに」

言いながらドアに向かうテツのあとを、雅人はついていった。

気を引くだの隙を突けだの言っているが、テツにそんな油断がないことは雅人が一番よく知っている。メールをもらったときから、雅人はこうするしかないと覚悟していた。

「いくらお姉さんでも、開けられませんよ。……ん、なに？」

由佳子と押し問答をしているテツの肩を叩き、振り向いた瞬間にみぞおちに一発入れる。

「ごめんね、テツさん。その代わり、こんな抗争は早く終わらせてみせるから」

意識を失ってずるっと崩れ落ちたテツに謝り、丁寧に仰向きに横たえて、雅人はドアを開けて外に出た。

「外の見張りは、竹内組の人が散らしてくれたの。姿を見せて逃げてるだけだから、喧嘩にはなってないわ」

由佳子はグレーのサマーニットにカーキ色の綿パンツ、靴はスニーカーを履いていた。動きやすく目立たない格好を意識したのだろう。

薄いブルーの開襟シャツにジーンズを穿いた雅人も、どこにでもいる若者だ。

二人はエレベーターまで走った。

「竹内さん、どこに来てるの？」

「タクシーの降車場のところで待ってくれてるわ。雅人から会いたいって言ってくれるなんて思わなかったって。すごく喜んでるの」

エレベーターのなかで、由佳子は嬉しそうに言った。連絡係の由佳子のことも、竹内は褒めてくれたのかもしれない。

自分にとっては赤の他人で父親だなどとは思えない男が、由佳子にとっては頼りにし尊敬し、嫌われたくなくて、とても大好きな「お父さんになってほしかった人」だということを、雅人は今さらながらに実感した。

「手紙とか借金のことを黙ってて、怒られなかった?」

「……怒ってたと思う。でも、怒鳴ったりしなかったわ。お前がそんな気持ちでいたとは知らなかったし、自分の娘のように思ってるって言ってくれた。私、これからはおじさんの期待を裏切らない娘でいようって決めたの」

「竹内さんて、どんな人?」

「素敵なおじさまよ。歳は六十四なんだけど、少しふけて見えるかも。雅人とはあんまり似てないわ。雅人はお母さん似だもんね」

「姉さんも母さんによく似てるよ」

「そうかな。お母さんが生きてたら怒ったでしょうね。雅人と竹内のおじさんを会わせる……」

エレベーターを降りてロビーに向っていたとき、由佳子の声が途中で途切れた。

柱の陰から現れたのは、目立たないようにジャケットで包んだ拳銃を持った堀田信博だった。

堀田は気味が悪いくらいに痩せこけて、土気色をした左手には小指がなかった。

向けられた銃口の恐ろしさに、雅人と由佳子は堀田に命じられるがままに裏口から連れだされ、植込みを越えて道路に出た。道の脇には白いワゴン車が停まっていて、なかにいた二人の仲間が雅人と由佳子の腕と足を縛り上げ、猿轡《さるぐつわ》をかませた。

夜の道路を数時間走り、連れていかれたのは、人気のない倉庫の一角だった。内側からシャッターが下ろされ、鍵がかけられる。

堀田たちはここで寝泊りをしているらしく、毛布やインスタント食品のゴミなどが散らばっていた。人が出入りできそうな窓がひとつあったが、台に乗らなければ届かない高さだ。

叫んでも誰も来ないのがわかっているからか、猿轡だけは外してもらえてホッとする。

脱出経路を探していた雅人は、倉庫で待っていた三人の男たちの顔を見て驚いた。

ステーキハウスで志堂を襲撃した山野組の男たちだった。堀田を含めた六人全員に激しい暴行の痕があり、歯や腕が折れていて顔も腫れて歪んでいたが、間違いない。

「うまくいったぜ。うまくいきすぎて怖いくらいだ。あとはどうやって交渉するかだな」

満身創痍の男たちが、宝の山を掘り当てたように興奮して話しているのを見て、雅人はすべてを理解した。

「山野組に俺の情報を流してたのは、あんただったんだな」

コンクリートの床に由佳子と一緒に転がされて、雅人は言った。

松川組を破門された堀田は、由佳子から仕入れた情報を有効に使うために、竹内組系列の山野組に近づき、身を潜めて計画を練ったのだろう。しかし、ずさんな計画は失敗し、志堂に報復されて、山野組は竹内からも見捨てられてしまった。

「そうだ。黒志会会長を殺してお前を差しだせば、山野組は竹内組の直参に昇格できる予定だったんだ。そうすれば、俺だってまたこの世界に戻ってこれる。せっかくのチャンスだったのに、お前のせいで……お前のせいで……っ！」

充血して濁った目をした堀田は不意に切れて、雅人の腹を足で蹴りつけた。

来るのがわかっていたので力を入れて構え、衝撃に備えたが、さすがにぐっと息が詰まる。身体を丸めた雅人を、由佳子がにじり寄って庇った。

「やめて、信博！　どうしちゃったのよ。こんなことして、どうなるの！」

「俺が松川組を破門になったのも、由佳子、お前とうまくいかなくなったのも、全部こいつのせいだ。俺はこいつを使って、大儲けするんだよ」

「……なにを言ってるの？」

「破門されても組が解散になっても、黒志会と竹内組の抗争の話くらいは耳に入るんだ。竹内組長はこいつを欲しがってるが、黒志会に匿われたこいつがどこにいるのか、どうしても居場所を掴めずに焦ってる。俺はお前を見張ることにした。姉さんが大好きなこいつは、絶対にお前に連絡するだろうと思ったからな」

「私のあとをつけてきたのね」

「大正解だ！　こんなにうまくいくとは思わなかった。お前らは自分からのこのこと出てきてくれて、部屋まで行く手間も省けたしな」

堀田はおかしそうに笑った。ヒステリックなその笑い方は、彼の精神が麻薬によって蝕まれていることをよく表していた。

「雅人をどうするつもり？」

「竹内組長に買ってもらう。一億は出してもらわないとな」

そうだそうだ、と山野組の残党たちが騒いだ。

雅人は呆れたが、由佳子は呆れるのを通り越してしまったようで、強い口調で堀田を詰った。

「本気で言ってるの？　そんなことしたらおじさんは怒るだけよ、馬鹿じゃないの！　あんたはもうやくざじゃないのに、やくざに喧嘩を売ってただですむと思ってるの！」

「う、うるせぇ！　俺だってここまで来て、引き下がれるか！　竹内が駄目なら、志堂に売ってもいいんだ。ちょっとでも高く買ってくれりゃ、こいつがどこに行こうと関係ねぇ」

活きの悪い啖呵を切る堀田は落ち着きがなく、みっともなかったが、見せつけるように持っている拳銃は恐ろしかった。堀田に撃つ気がなくても、おもちゃのように振りまわされているうちに暴発しそうだ。

後ろ手に腕を拘束され、無力な蓑虫のように転がされて、雅人は志堂の顔を思い浮かべた。

テツが意識を取り戻したら、すぐに連絡が入るだろう。自分から出ていった雅人を、志堂はどう思うだろうか。

雅人が向かう先など、竹内のところ以外にはない。連れ去られたと勘違いして、殴りこみに行ったりしたら、それこそただではすむまい。

よく考えたはずなのに、志堂たちのためによかれと思ってした判断を間違い、軽はずみな行動がまた志堂に迷惑をかけてしまう。

彼の言うとおり、じっとしていればよかった。

助けるどころか足を引っ張ってしまい、自己嫌悪で俯いていた雅人のそばに、堀田がやってきて膝をついた。

ガッと髪を掴まれ、無理やりに顔を上げさせられて、雅人は堀田を睨みつけた。堀田は一瞬たじろいだが、自分が優位に立っていることを思いだしたらしく、余裕の笑みを浮かべた。

「お前、志堂の女になったらしいな。青くさいガキだと思ってたが、男にやられるようになって色気が出てきたじゃねぇか」

「……」

こんな下衆な男とは口もききたくなかった。

雅人が無言であることが、堀田をいっそう苛々させたようだ。

「たしかまだ十八だったよな。ホモビデオにでも出してやろうか？　竹内に引き渡すのは今すぐでなくてもいいんだ。本当なら俺たちみたいにボコボコに殴ってやりたいところだが、怪我をさせると商品価値が下がるからな。今さら男にやられたってお前は慣れてんだ、なんともないだろう？」

「……！」

冗談ではなかった。志堂以外の男に触られるくらいなら、死んだほうがましだ。

「やめて、雅人に変なことしないで！」

雅人を庇った由佳子にも、堀田はいやらしい視線を向けた。

「お前も一緒に出してやるよ。綺麗な姉弟が男に犯されて、堕ちていくところを撮ってもらうんだ。いい画になるぜ。なぁ、兄弟。どう思う？」

堀田に兄弟と呼ばれた男は、前歯がなかった。空気が抜けて聞き取りにくい声で、

「いいんじゃねぇの」

と言って陰惨な表情で笑った。

よく見ると鼻筋も曲がっていて、骨が折れているようだ。

「ビデオに出す前に、俺たちでやっちまってもいいんじゃねぇの。男と女、弟と姉さんと、どっちが具合がいいかやり比べてみようぜ」

男がそう言うと、ほかの男たちがいっせいに興味を示して寄ってきた。

「男に用はねぇと思ってたけど、おもしろそうじゃねぇか。男でもこれだけ綺麗なら、突っこめそうだ」

「俺はやっぱり女がいい。お前の女、やっちまっていいのかぁ？」

「いいぜ」

堀田が頷いた瞬間、由佳子が金切り声をあげた。

その悲鳴に触発されたように、男たちが群がってくる。

「やめろっ！　姉さんに触るな！」

「姉貴を気にしてる余裕はねぇだろ。お前だってやられるんだからな」

歯のない男に仰向けに引っくり返され、雅人は必死にもがいたが、手も足も縛られた状態ではどうにもできない。

シャツを引き裂かれて、ジーンズのボタンに手がかかる。

自分のことよりも、由佳子の死にそうな悲鳴がつらくて、雅人は身悶えた。暴れれば暴れるほど、きつく縛られたロープが手首に食いこみ、肩が外れそうに痛んだ。

だが、手首が千切れたってかまわない。由佳子を助けなければ。

「姉さん、姉さんっ！」

「雅人……っ」

名を呼び合ったが、男たちに邪魔されてお互いの姿は見えなかった。

怒り、絶望、屈辱、さまざまな思いが交錯して涙も出ない。

諦めたくない、でも駄目かもしれない。そう思ったとき、突然ガシャンッと大きな音がして、倉庫のシャッターになにかがぶつかった。

「な、なんだ？」

男たちが慌てて離れたので、雅人は身体を起こした。

なにかの突撃を受けているシャッターは、ぶつかるたびに形を歪め、ひしゃげていく。ショベルカーのような重い車が突進しているようにも見えた。

一瞬にして殺気立った男たちが、拳銃や日本刀などを持って応戦の構えを取っている間に、雅人は床を這って由佳子のもとへ行った。

「姉さん、大丈夫か」

「……え、ええ」

震えてはいるが、しっかりした声だった。雅人は由佳子の前に座ると、縛られた手を使ってまくれ上がったサマーニットをなんとか引き下ろし、露になった胸を隠してやった。

そのとき、ついにシャッターが抉じ開けられた。

数人の男たちが銃を手に飛びこんできて、山野組の残党に発砲した。

物陰に隠れながら、残党たちも発砲して応戦している。銃を持っていないものは、横からまわりこんで刃物で斬りつけた。

「伏せて！」

由佳子に叫び、流れ弾に当たらないよう自らもうつ伏せになって、雅人は破壊されたシャッターのほうを見た。

見覚えのある革靴が目に入る。

いついかなるときも磨かれて美しい、存在感のあるクロコダイル。

「志堂さん……！」

「いい子で待ってろって言っただろうが。言うことをきかねぇ悪い子にはお仕置きだ」

銃弾と怒号が飛び交うなかを、志堂は平然と雅人に向かって歩いてくる。

雅人も驚いたが、山本と近藤も驚いたようだ。弾除けの盾となるべく、銃を構えながら志堂のまわりをガードしている。

「ち、近寄るな！　近寄るんじゃねぇ！」

叫んだのは堀田だった。

積み上げられた木箱の後ろに隠れて、志堂に銃を向けている。その銃口は震えていた。

「堀田か。馬鹿なやつだ。よっぽど命を捨てたいらしいな。負け犬らしく田舎にでも引っこんでりゃいいものを、恩を仇で返しにきやがって」

「うるせぇっ！　こいつらを使って、俺はもっと大儲けしてやるんだ……っ」

パンッと音がして、堀田が一発撃った。

「てめぇっ！」

山本と近藤が堀田を狙ったが、銃弾は派手に木箱を削っただけだった。

山野組の男が日本刀を振りかざして、横から山本に斬りかかる。山本は咄嗟に転がって避け、近藤が即座にその男の肩を撃った。

「近藤、雅人のロープ、解いてやれ」

「はい」

志堂に命じられると、近藤は懐からドスを取りだして、雅人の手足を縛るロープを切った。由佳子も同じようにしてから、雅人を抱えて入り口に向かおうとする。

「ま、待って……志堂さん！」

痺れてしまって自由の利かない身体で、雅人は志堂のところに行こうとした。

気づけば倉庫のなかはシンと静まっていて、山野組の残党はみな倒れていた。

「あとはお前だけだぜ。誰を使って大儲けするだと？」

「来るな！」

銃声が三回つづけて響き渡り、雅人は思わず目を閉じた。

「こんなに近いのになんで当たらねぇんだ。シャブのやりすぎで、起きたまま夢でも見てんのか？」

からかっているような、しかしぞっとするほど冷たい志堂の声に、閉じた瞼を押し上げる。

弾が当たった様子もなく、志堂は堂々としていた。銃を構えた気の狂った男には近づかないでくれと言いたかったが、雅人の喉はカラカラに渇いて声が出なかった。

なにも持たずに堀田に近づいていく志堂の目は、真っ直ぐに堀田を睨みつけていて、気圧された堀田の震えはさらに大きくなっている。

志堂の気迫に呑みこまれてしまっているのが、はっきりとわかった。

空気がピンと張りつめている。志堂はなにも言わないのに、堀田は緊張に耐えきれず、突然ワーッと叫んで、残りの弾を撃った。

衝動的に撃っても狙いが定まっているはずもなく、銃弾はコンクリートを削った。

歩みをまったく止めなかった志堂はとうとう堀田の目の前に立ち、

「今度、雅人に近づいたら容赦しねぇって言ったよな？」

と囁き、やにわに拳を振り上げ、こめかみを殴りつけた。

吹っ飛んで倒れるのを許さず、胸倉を掴んで引き起こす。堀田の意識がなくなるまで志堂は殴りつづけ、最後は床に伸びた身体をゴム毬のように蹴り飛ばした。

「片づけろ」

山本に短く命じた志堂は、近藤に支えられて立っている雅人に歩み寄った。

「ご、ごめんなさい……」

志堂の目を見ることができず、雅人は喘ぐように謝った。勝手なことをしてごめんなさい。迷惑をかけてごめんなさい。

そう言いたかった。

きっと怒られる。面倒ばかりを引き起こす愛人なんて、もういらないと言われるかもしれない。

ぎゅっと目を閉じて俯いた雅人の身体に、嗅ぎ慣れた匂いがまつわりつく。男の逞しい腕が雅人をしっかりと抱いていた。

「心配させるな。ちょっと目を離すとすぐこれだ。野良猫気分で脱走しやがって、おちおち留守番もさせられねぇ」

「志堂さん……」

「帰ったら首輪をつけてやる。絶対外れねぇやつ」

「志堂さん！」

雅人はいまだに痺れている腕を必死に持ち上げ、志堂に巻きつけてしがみついた。

自分が助かったことに対する安堵感より、志堂が無事なことが嬉しかった。銃を構えた堀田に向かっていくのを見たときは怖かった。銃声が響くたびに、命が縮んだ。

志堂になにかあったら、雅人は死ぬまで自分を許せないだろう。

無事でよかった。生きててよかった。

涙で濡れた顔を胸元に押しつける雅人を、志堂は痛いほど抱き締めてくれた。それが嬉しくて、雅人は鼻の頭で志堂の顎や顎の下の柔らかい部分を擦った。

額に落ち着くようなキスをもらった雅人は、閉じていた瞼を開け、志堂の斜め後ろに壮年の男が立っていることにようやく気づいた。そのそばには側近らしき男もついている。

襲撃に加わった組員たちは、山野組の残党と堀田を連れて引き上げたようだ。山本と近藤は、壊れたシャッターのところで番犬のように立っている。

「おじさん……」

男を見て、床にへたりこんでいた由佳子が呟いた。

竹内は由佳子を助け起こすように側近に命じ、山本たちがいるところまで下がって待っているように指示した。

雅人は志堂に寄りかかったまま竹内を見た。場所は薄汚い倉庫で、硝煙と血生臭い匂いが充満しており、親子の初めての対面にしては、感動的とは言いがたい。

――この人が俺のお父さん……。

白髪が多くて、たしかにちょっと老けて見える。大柄ではないけれど、身体つきはがっしりしており、四代目組長の風格が滲みでていた。

そして、由佳子も言っていたように、雅人に似ているところはほとんどない。

雅人も自分でそう思った。

もっと胸に迫るものがあるかと想像していたが、そうでもなかった。見知らぬ遠い親戚のおじさんを見ているような、そんな感じだ。

竹内のほうもかける言葉がないのか、ただじっと雅人を見つめている。

この人に会って、自分のことは諦めてもらうつもりだった。

雅人は本来の自分の目的を思いだし、志堂から身体を離した。そこで乱れた着衣に気がついてジーンズのボタンを嵌めたが、ボタンを弾き飛ばされたシャツはどうしようもない。

それを見ていた志堂が自分の上着を脱いで、雅人の肩にかけてくれた。

「竹内さん……ですね。はじめまして。芳丘雅人と言います。お話があって、姉に連絡を取ってもらったんですけど、こんなことになってしまって」

最初は震えてしまったが、雅人は次第に落ち着きを取り戻し、竹内を真っ直ぐに見てしゃべった。

「雅人」

父親の声は、聞き取りにくいほどしゃがれていた。

「姉が全部話してくれました。俺が生まれる前から気にかけてくれてたことや、母が亡くなったときに援助してくれようとしたことも。ありがとうございました。でも俺は、芳丘雅人なんです。申し訳ないですが、あなたのことを父親だとは……思えません」

「わしを、恨んでいるのか」

「いいえ」

恨むどころか、期待も失望もなかった。そこまで強い感情を、今初めて目にする父親に持つことは難しい。

十八年間、我が子を陰から見守ってきた父親と、父親はいないものと思って育ってきた息子の思いの差は、天と地ほどもかけ離れている。

「わしはな、お前を極道にして、跡目を継がせるつもりはない。だが、父親としてできるだけのことはしたい。なにもしてやれなかった今までのぶんも」

「いいんです、気にしないでください。俺はたしかにまだ一人前とは言えなくて、志堂さんのお世話になってる状態です。でも、志堂さんに無理強いされてるわけじゃありません。誤解しないでほしいんです。志堂さんのそばにいたいと思ってるのは俺のほうです。志堂さんは悪くないし、志堂さんにはこれ以上迷惑をかけたくない。だから、黒志会と争うのはやめていただけませんか。あなたにそれをお願いしたかったんです」

頭を下げた雅人を、竹内は眩しそうに見つめていたが、やがて、

「山野組の動きを掴みきれずに、お前に怪我をさせてしまった。山野組の残党がお前をさらうのを、防ぐこともできなかった。お前には申し訳ないと思っている。すまなかった」

と謝った。

「全部、堀田が原因だったんです。竹内さんのせいではありません」

「ずいぶんとしっかりしているな。母親の育て方がよかったのか」

竹内は感慨深そうに呟いた。

母を褒めてもらえるのは嬉しいが、そんな言葉が聞きたいわけではない。雅人は焦れて、思わず一歩前へ踏みだした。

「竹内さん、あの……」

それを止めたのは志堂だった。

「電話で何度か言いましたが、竹内さん、俺に雅人をくれませんか」

竹内は鋭い目で志堂を睨んだ。憎々しい、恨みつらみのこもったような、どす黒いオーラが竹内

から滲み出ている。

そんな殺気には頓着せずに、志堂は飄々と言った。

「俺はね、竹内組とデカい戦争になったとしても、雅人を手放す気はないんですよ。俺はあんたのものを奪ったとは思っていません。あんたに許可を得る必要もないと考えてますが、これだけの騒ぎになった以上、どこかでけじめをつけなきゃなりません。いかがです？」

「ふざけるなよ、志堂」

「俺は真面目ですよ、おおいにね。俺が雅人を手に入れたとき、雅人はあんたを父親だとは知らなかった。父親はいないものとして育ってきたんだ、事実を知ったからって、すぐに受け入れられるものじゃない。だいたい十八年前に雅人を息子と呼ぶことを諦めたのは竹内さん、あんただ。二人の息子さんを亡くされたのはお気の毒ですが、今さら父親面されても、雅人も迷惑でしょうよ」

「わしに説教か。雅人はわしの最後の息子だ。いつ死ぬかわからんこの世界に入れるつもりはないし、ましてや黒志会会長の愛人なんぞには、さらさらしておくわけにはいかん」

「俺だって、雅人を極道にするつもりはないですよ。雅人には夢があるんです。どんな夢かご存じですか？」

「……」

「会ったことも話をしたこともないんだから、息子の夢を知らないのも無理はありません。こいつときたら、司法書士の資格を取って、将来堅実に生きたいそうで。俺は愛人が無職だろうと司法書士だろうとどっちでもいいんで、好きにさせてやるつもりです。弁護士になりたいといえば勉強させてやるし、花屋を開きたいというなら、店を出してやります。なにをしてたって、雅人は俺の可愛い愛人です。愛人の機嫌がいいと、俺の機嫌もよくなるんでね」

「貴様、ぬけぬけと……っ！」

竹内は拳を握り締めたが、雅人は感動して志堂を見上げた。愛人という言葉には正直、まだ抵抗があるけれど、志堂がそのような考えでいてくれたことが嬉しかった。

「俺に惚れ直した顔をしてるな」

志堂は雅人の頬を軽く撫でると、竹内に向き直り、

「俺が言うべきことじゃないかもしれませんが、竹内さん、あんたは父親失格ですよ。助けてほしいときには頼りにならず、名乗り出たと思ったらこの騒動だ。あくまで親でありたい、息子が可愛いと思うなら、息子が望む道を歩かせてやるのが親ってもんじゃないですか」

と言った。

「たいした言い草だ。貴様といれば、雅人が幸せになれるとでも言うつもりか」

「なれますよ。盃に関係なく、命をかけられる。そんな相手は雅人だけだ。俺から雅人を奪おうとするなら、徹底的に叩きます。十四年前のことは、あんたも忘れちゃいないでしょう。だが、犠牲

が出たら雅人が苦しむ。ここらで手を引いてもらえるとありがたいんですがね。もっとも、すぐに返事はいただけないでしょうから、お話はまたいずれ場所を改めて。雅人をゆっくり休ませてやりたいんで、今日のところはこれで失礼しますよ」

竹内を置いて、志堂は雅人を連れて山本たちが待っている入り口に向おうとした。

「──待て」

しゃがれた声に呼び止められて、雅人はビクッとなった。

「お気持ちは決まりましたか？」

志堂は平然と振り返り、あくまで慇懃に訊いた。

「貴様の度胸、その命知らずな無鉄砲さはよくわかっている。雅人とのことが遊びでないのも、よくわかったつもりだ」

竹内は途中で言葉を切って、諦めたような深いため息をついた。

「父親失格と言われても仕方がない。だが、わしはやはり雅人が可愛い。たった一人残った息子をこれからもただ、可愛がってやりたいだけだ」

「……それで？」

「竹内組組長としては、黒志会との抗争をこれ以上長引かせたくない。条件はひとつだ。わしと雅人が親子としていつでも連絡を取り合い、会えるようにすることを約束してほしい」

「雅人は渡さないと言ったはずです」

「奪おうというのではない。父親として接する機会を、わしにも与えてほしいだけだ。そしてそのとき、雅人の口からつらいとか苦しいという言葉を聞いたら、わしは父親として問答無用で黒志会を叩き潰す。たとえ貴様と刺し違えてもな」

竹内の申し出を、驚いたことに志堂はほとんど迷わず受け入れた。

「雅人をあんたの懐刀にするつもりですか。まぁいいでしょう。かまいませんよ、雅人がよければ、俺はそれでも」

「どうだ、雅人」

志堂と竹内の両方から見つめられて混乱した雅人は、深く考える時間も与えられずに、ためらいながら頷いた。

ここで自分が拒否すれば、せっかくまとまりかけた話が潰れてしまうと思ったのだ。

8

テツの運転するベンツに乗って志堂のマンションに帰る途中で、雅人は竹内の申し出をじっくりと考え、やがて自分が黒志会にとってとても危険な人物になったことを理解した。

もし自分が志堂の行動を竹内に密告すれば、簡単に刺客を差し向けられるだろうし、黒志会内部の動きも監視できる。竹内の懐刀になるとは、そういう意味があったのだ。

もちろん、竹内に利用されるつもりはないが、自分でも気づかない間に利用されてしまうことがあるかもしれない。自覚のないスパイとなって志堂を滅ぼす可能性が、自分自身の存在にある。

雅人は怖くなって、志堂に言った。

「俺、やっぱり竹内さんには会いません。今から電話して断ります」

「もう約束しちまったし、いいじゃねぇか」

どっかりと座った志堂は、雅人を片手に抱いて上機嫌だった。志堂の上着を着たままの雅人の背中を撫で、脇腹を摘み、尻の肉を掴む。

久しぶりに志堂に触れられると、身体の奥に甘い疼きを感じたが、それに呑みこまれてしまうのはまだ早い。

「志堂さんを危険にさらすような約束をさせた男を、父だなんて思えません。もっと考えればよかった。志堂さんは気づいてたんでしょう、なんで駄目だって言ってくれなかったんですか」

詰め寄る雅人の頬に、志堂は音をたててキスをした。

「そう興奮するな。お前が俺んとこにいるかぎり、竹内はお前と連絡を取ろうとするだろう。実際、由佳子を使えば、それは難しいことじゃない。俺としちゃ、泥棒猫みたいな真似をされるより、堂々と会ってくれたほうがまだましだ」

「俺から志堂さんの情報とか弱点とか、聞きだそうとするかもしれませんよ。言うつもりはないけど、うっかり口を滑らせたりしたら……」

「俺の弱点ってなんだ？」

「……。わかりませんけど」

志堂は噴きだした。

「お前がわかんねぇことを、どうやって聞きだすんだ」

「だけど、どう考えても志堂さんに不利な条件です！」

「なんでだ？　お前が楽しくて幸せだって言ってる間は、俺も安全なんだぜ。そんなに不安なら、せいぜい親父さんに幸せアピールしてこい」

「もし俺が裏切ったら、どうするんですか」

雅人は志堂を上目遣いに睨んで言った。これは生きるか死ぬかの問題で、早急になんとかすべきなのだから、もっと真剣に考えてもらいたかった。

「お前は俺を裏切らない。しつけのなってねぇ脱走癖のある猫だが、八方美人じゃねぇからな」

「どうして、断言できるんですか。さっきだって、俺のために命をかけるって言うし、堀田は銃を構えてるのに、平然と近づいていくし。志堂さんは無茶をしすぎです。黒志会の人は志堂さんのために命をかけてるんですよ」

志堂は上着とシャツをかきわけて、雅人の脇腹に残っている傷跡にそっと触れた。

「お前だって俺のために命かけてるだろうが。お前は俺を庇ってくれた。俺の子分でもないのに。それで充分だ。そんなことより、よくも俺に黙って竹内に会おうとしたな。そっちのほうが問題だぜ」

「それは……すみません。みんなを助けるにはそうするしかないと思ったんです。俺しかできないんだから、俺がやらなきゃって。ごめんなさい」

しかし、どのような決意があっても、結果的に迷惑をかけて、志堂たちを危険な目に遭わせてしまったのだから、言い訳のしようもない。雅人は頭を垂れて謝った。

「お前に逃げられた、って電話してきたときのテツの慌てようといったらなかったぜ。しかもお前に殴られて、伸されてたっていうんだからよ」

雅人はテツを殴ったことを思いだし、運転席に身を乗りだした。

「ごめん、テツさん！　痛かったよね。俺、みんなが怪我する前に、少しでも早くなんとかしなきゃと思って。ごめんね、本当にごめんね」

「いいっスよ。俺たちのためを思ってしたことだって、わかってますから。それに不意を衝かれたとはいえ、あんなに綺麗に飛んじまったのは俺の失態です。どんな処分でも、覚悟はできてます」

「処分？　そんな、テツさんは悪くないんです。テツさん、死んでも俺を守るって言ってくれたんですよ。処分なんておかしいじゃないですか」

志堂のほうに向き直り、雅人は必死になって訴えた。

「テツ。お前、雅人のためなら死ねるのか？　死んでも守れって、俺や近藤がお前に言ったか？」

「えっ、いえっ！　指示は受けてませんが、自分が勝手にそうするべきだと思いまして……出過ぎたこと言ってすいません」

「テツさんを怒らないでください！」

「お前ら、えらく仲よくなってんな」

「隠れてる間、ずっと一緒だったんだから当然ですよ」

「もしかして、俺に言えない妖しい関係になってんじゃ……」

「なってません！」

声が低くなった志堂に、雅人とテツは同時に叫んだ。

「馬鹿なこと言わないでください！　俺は志堂さんだけです。今日まで、俺がどんなに志堂さんに会いたいと思ってたか……」

雅人は自分がとてつもなく恥ずかしい台詞を口走っていることに気づき、途中で口を噤んだ。なにか言うに違いないと思っていた志堂は、なにも言わず、三人ともが黙ってしまい、ベンツのなかは気まずい沈黙で満たされた。

しかし、沈黙がつづけばつづくほど自分の言葉が思いだされ、雅人は恥ずかしくてたまらない。べつの話題を見つけようとしたとき、志堂が、

「おい、テツ」

と呼んだ。

「はいっ」

テツの背筋がぴんと伸びる。

志堂は後部座席に積んであったバッグを開けると、帯がついた一万円札の束を取りだし、空いている助手席にポンと投げた。

「取っとけ、褒美だ。雅人を死んでも守るって心意気が気に入った」

「……はっ、ありがとうございます！」

横目で金額を確かめたテツは、一瞬目を疑って、車を蛇行させた。

「こらっ、よそ見すんな！」

「すいません！」

謝りながらも嬉しそうなテツを見て、雅人は苦笑した。

あんな褒美をあげてしまったら、テツはもっと雅人のためになにかをしようと思うのではないだろうか。テツにそうさせるための、志堂の作戦のような気がする。

しかし、雅人が今なにを言っても無駄であろう。雅人にできるのは、テツが危ない目に遭わないように、自らの身を引き締め注意することしかない。

数時間かけて、ベンツはようやくマンションについた。

空けていたのは一週間ほどだが、もう何ヶ月も帰ってこなかったような気がした。この部屋の匂いが鼻腔を優しく揺らし、雅人は安心感にホッと息をついた。

靴を脱ぎ、志堂のためにスリッパを出していると、突然背後から抱き締められた。

息苦しいほどの腕の強さがいっそ心地よくて、甘えるように体重をかけて身体を任せる。

志堂は雅人の髪に鼻を埋めながら、

「シャッターが開いてお前が見えた瞬間、あいつら全員殺してやると思ったぜ」

と低く呟いた。

「どうしてあの場所がわかったんですか?」

ふと気がついて、雅人は訊いた。志堂たちが来てくれたのは、あとをつけてきたとしか思えないくらい早かった。

「ヤクザの情報網を侮るなよ。山野組の残党が潜んでそうなところは、マークしてあった。うちの見張りを散らした竹内はホテルで待ちぼうけを食わされてるし、竹内でなけりゃ、お前に手を出すやつはたかが知れてる」

テツから知らせを受けた志堂は、竹内と連絡を取り、不審車を洗いだした。アジトまでのルートを兵隊に張りこませて、雅人たちを乗せた車が通るのを確認したら、あとは追いかけるだけだ。

志堂はそう説明し、

「俺が助けにきて嬉しかっただろう。惚れ直したか」

と言って雅人の耳を甘く齧った。

雅人は微笑み、くすぐったさに身を捩った。

「また自惚れて。……でも嬉しかった。最初に志堂さんの靴が見えたんです。すぐに志堂さんだってわかりました」

「靴じゃなくて顔を見ろよ。どこまで触られた?」

志堂の手が服の合間から侵入して、雅人の素肌をまさぐっていた。

体温が急上昇するのが、自分でもよくわかった。

「シャツを破かれて、ちょっと触られただけです」

「ジーンズのボタンも外れてたぞ。ちょっとってどれくらいだ」

わかっているなら訊かなければいいのに、志堂は嫁の服装をチェックする姑のように嫌みったらしく言った。

「覚えてません。気持ち悪かったし、姉さんのことが気になって」

「……ここ、触られたか」

志堂は乳首には触れず、肌と乳輪との境目を指先でなぞった。くるりと円が描かれるうちに、それだけの刺激で中心の突起は硬くなってしまう。

志堂の描く円が一向に縮まらないので、雅人は嘘をついた。

「触られた、かも」

「どんなふうに？」

「わからない……痛かったから」

「つぶされたか、摘まれたか。こんなふうに」

志堂の指が乳首を真上からつぶし、親指と中指できゅうっと摘み上げる。完全に勃ち上がると、上下に押し上げ、押し下げた。

「あっ、あーっ、あぁ……んっ」

いきなりの強い刺激に、雅人の腰から力が抜けた。床に座りこみそうになるのを、志堂がぐいっと抱え直す。

「あいつらの前でもそんな声で鳴いたんじゃねぇだろうな」

「鳴いて……ないっ、そんなこと、されてないから……っ、だから」

乳首を弄られつづけて、雅人はいやいやと首を横に振った。

「だから、なんだ?」

「……お願いです。ベッドで……ベッドでして」

言った瞬間に、どっと汗が出た。なんということをおねだりしてしまったのか、自分で自分が信じられなかったが、玄関を入ってすぐの廊下で、これ以上の愛撫には耐えられない。

「おやすいごようだ」

雅人は志堂に抱き上げられて、寝室に連れていかれた。

ボタンのないシャツを脱がされ、ジーンズと下着をまとめて足から抜かれた。全裸にした雅人の身体を、志堂は点検でもするような視線でとっくりと見つめている。

まだ生々しい感じのする脇腹の傷に触れられて、ぴくんと身体が震えた。

「お前、俺のそばにいたいって言ってたな。やっと自覚したか、俺に惚れちまったこと」

雅人はハッと息を呑んだ。

金で買われた愛人が本気になってどうすると、からかわれているのだと思った。こんなときに、ネクタイも解かずにそんなことを言うなんてひどい。

泣きそうになって尖らせた雅人の唇を、志堂が軽く吸った。

「なんでそんな顔をするんだ。お前が自覚すんの、待ってたんだぜ」

「……どうしてですか」

「そりゃお前、両想いのほうがなにかと楽しいだろう」

「……」

雅人は無言で志堂を睨んだ。

「怒っても泣いてもお前は可愛いが、なんで睨まれてるんだ、俺は」

「お金で買った愛人なんでしょう。女にしてやるとか、懐いた野良猫だとか好き勝手言っておいて、なんですかそれ。まるで……まるで俺のことを好きみたいに」

「いけないのか？」

「俺のこと、好きみたいに……」

志堂を見上げながら、雅人はぼんやりと自分の台詞を繰り返し、

「俺のこと、好き……」

と信じられないことを聞いたように呟いた。

「三回も繰り返して言うことか。俺は言ったぜ。お前のためなら命をかけられるって、お前の親父さんにもはっきりとな」

「でも、でも、俺には言ってくれなかったし、命をかけるなんて業界用語で言われてもピンときません」

「これは業界用語か？　だが、なんとなくニュアンスでわかるだろうが。お前は俺のものだ。一生、俺のものでいろよ」

柄にもなく照れたような志堂が、キスをしようと寄せてきた顔を、雅人はくっつく前に両手で受け止めた。ここで流されてはいけない。

「いつからですか？　いつから俺のこと、好きだったの？」

「今はそんなこと、どうでもいいだろうが」

「よくないですよ。今訊いておかないと、志堂さん、絶対に言ってくれない」

いつから好きなのか、自分のなにを好ましいと思ってくれたのか、雅人は聞きたくてしょうがなかった。

志堂は舌打ちをすると、雅人の上から退いて、胡坐をかいて座ってしまった。

「志堂さ……」

焦って身体を起こした雅人に、志堂は言った。

「初めて見たときからだ。『シェリー』でお前を見て、欲しいと思った。由佳子の借金は好都合だったんだ。借金がなけりゃ、なんか難癖つけて俺のところに来させてたさ。お前に恋人がいて、誰かのものだったとしても、俺のものにするつもりだった」

「志堂さん……」

雅人は負ぶさるようにして、志堂の広い背中に抱きついた。

「お前は俺が初めてで、俺しか知らねぇのかと思うと、年甲斐もなく頭も身体も熱くなった」

「飽きたら捨てるって言ってたくせに」

「初っ端から一生の俺のもんだとか言ったら、お前がびっくりして逃げるかと思ったんだよ。いずれ俺に惚れさせる自信はあったが、俺はお前の嫌いなヤクザだしな」

「本当に俺のこと、好きなの？」

「何度も言わせるな。この俺に最初にねだったのが洗濯機だったところも、姉さん相手に可愛らしい焼きもちを焼くところも、俺を想って無鉄砲になるところも全部ひっくるめて……愛してる」

「……！」

雅人は志堂のうなじに額を擦りつけ、首にしがみついたまま、ぐるっと前にまわった。膝の上に尻を乗せて、キスをしようと顔を近づけたら、逆に志堂にそれを阻まれてしまう。

おでこをぴたんと叩かれて止められた雅人は、ショックを受けて呆然となった。

そんな雅人に、志堂はニヤッと微笑んだ。

「俺がここまで言ったんだ。お前も言えよ、俺が好きだって」

雅人はうっと詰まった。言ってもらうのは嬉しい言葉だが、自分で言うのは恥ずかしい。今まで誰にも言ったことがないから、余計に口にしづらかった。

なんとか言わずに誤魔化そうと志堂の唇に顔を寄せたが、志堂はそのたびにふいっと避けてしまう。

「志堂さん」

「早く言え。俺だって我慢してんだ」

「……命かけます、志堂さんのために」

「誰が業界用語で言えって言った」

苦笑した志堂は雅人の鼻を掴んで軽く揺すぶり、咄嗟に目を閉じた雅人に、待ち望んだ深いキスをしてくれた。

差し入れられた舌を吸い、自分も差しだして吸ってもらう。唾液を絡めて舌先を擦り合いながら、志堂は雅人をベッドに押し倒した。

志堂の両手が裸の身体をまさぐってくる。

廊下で勃たせたものの、時間が経って柔らかくなった乳首を、悪戯な指先が摘み上げてくりくりと捻った。

「んんっ、んーっ……んっ」

舌を吸われているせいで、喉で鳴らしたくぐもった音が鼻に抜ける。

志堂は下唇を甘く噛んでから、喉元を伝って胸の突起を口に含んだ。

「あぅっ」

雅人の背が仰け反った。

舐めては吸い、いったん離れて、また強く吸う。反対側も同じようにされた。乳首を吸われていると腰はもちろん、身体全体が熱くなってしまう。

雅人は身体を捩りながらその愉悦を受け止め、はしたなく開いた脚で志堂の腰を挟みこんだ。志堂は服を着たままで、雅人の性器から滲みでている先走りの体液が、彼のオーダーメイドのシャツを濡らしてしまう。

しかし、雅人は乳首への愛撫だけで硬くなった自分のものが、シルクシャツの柔らかい布地に擦られる感触が気に入った。

「んっ、あっ、あぁっ」

ねっとりと腰を揺らす雅人を、志堂が笑った。

「勝手に擦りつけて愉しんで、そんなにいいか」

「……！」

ハッと我に返った雅人は、揺らしていた腰を止めた。

恥ずかしくてたまらなくなり、両手で顔を覆う。セックスを知ってまだ二ヶ月も経っていないのに、こんなにも淫らな自分を見られたくなかった。

「隠すなよ。お前を抱いてそんなふうにさせてるのは、この俺だ」

志堂は低く囁いて、雅人の手首を掴んで開かせ、頭の横でシーツに押しつけた。

顔を背け、頬を染めて恥じらう、いつまでも初々しいその仕草が、十八も年上の男をどれほど惹きつけ、可愛いと思わせているか、雅人は気づいていなかった。

「そのままでいろよ」

そう命じた志堂は、ときどき小さくうねる雅人の身体を見つめながら、服を脱いだ。

何度見ても美しい刺青が露になり、雅人はうっとりと眺めた。最初は恐ろしいと思ったのが嘘のようだった。

裸になって覆い被さってきた志堂は、赤く腫れたような乳首を容赦なく舌と指で弄び、へそや腰骨のあたりを舐りながら、身体を下げていった。

下生えに指を絡められ、軽く引っ張られる。

ビクッと腰が浮いた瞬間に、雅人の性器は志堂の口に含まれていた。

「あっ、やっ！　ああっ」

快感にもがく腰を片腕でがっしりと抱きこんで、志堂は含んだ先端を舐めまわす。奥まで銜えて強く吸い上げ、裏側を尖らせた舌先で擦り舐める。

志堂の愛撫は濃厚で、ほかに経験のない雅人は一気に高まってしまう。

「あっ、ぅあ……っ、志堂さ……っ」

雅人は志堂の頭や肩を両手でさすった。

彼に奉仕するときのために、彼のやり方をよく覚えておこうと思うのだが、しゃぶられている間はとにかく気持ちがよくて意識が飛んでしまう。

性器を深く含んで、志堂の唇が上下する。一定のリズムで追い上げられて、雅人はあっけなく射精した。

「はぁ、は……っ、ん、ふぅ……っ」

吐きだされたものをうまそうに飲み、余韻に震える雅人の腰を労わるように撫でた志堂は、雅人の腿の裏を掴んで持ち上げた。

達したばかりの雅人自身も、志堂を受け入れる部分も、すべてが丸見えになってしまう。雅人は唇を噛んで、羞恥に耐えた。

「可愛くて綺麗だ」

「……！」

「見られてると恥ずかしいか。ヒクヒクして、触ってほしそうに見える」

「ん、いやぁ……」

雅人は仔猫のような声で、甘く鳴いた。

見られるのは恥ずかしい。見ないでほしいのに、男の視線を感じるとそこが疼いた。

露になった入り口も、いまだ閉じたままの内部も。

「舐めてって言えよ」

「や……っ」

雅人は太腿の内側まで真っ赤になった。

「あとで絶対、言わせてやる」

その部分に向って呟いた志堂は、彼自身が待ちきれないような素早さで、そこに顔を埋めて激しく口づけた。

「あぅっ、ん……、はぁっ……くっ」

唾液をたっぷりと乗せた舌で潤され、小さなそこが柔らかく解けていく。入ってくる舌や指を、
身体が無意識に締め上げた。

ここに入ってくるものは気持ちがいい、擦られればもっと気持ちよくなることを、雅人は志堂に教えられた。

志堂は丁寧に慣らしてくれたが、雅人の準備は驚くほど早く整ってしまった。内壁を指の腹で撫でられ、叩くように押されてすすり泣きが漏れる。

もっと硬くて、もっと太いものが欲しかった。

「うぅっ、もう……いやっ、はやくっ……！」

「俺が欲しいか？」

志堂が上体を起こし、隆々とした屹立を手で掴んで、雅人に見せつけるように揺すった。

濡れて先端を光らせた大人の男の性器だった。大きくて逞しくて、あれがなかに入ってきて動きだすと、腰が蕩けてしまう。

「……欲しい」

掠れた声で、喘ぐように雅人は言った。

「いい子だ。力を抜いてろよ、ちょっと間が空いたから」

そう言われてみれば、二週間ぶりだった。

脇腹を刺されてからは、抱いてもらっていない。ホテルで抱いてもらえるかと思ったのに、彼はキスだけで行ってしまった。

あのときからずっと欲しかったものが、ようやく雅人のそこに押し当てられた。

「……っ」

ぐっと挿入されると、さすがに息が詰まった。

先端を呑みこませた志堂は、焦らずにゆっくりと雅人のなかに入ってくる。雅人も浅く呼吸を繰り返しながら、力を抜いて志堂を迎え入れようとした。

「……ふぅ」

大きなものがすべて収まってしまうと、安堵の息が漏れた。

雅人は腕をまわして志堂の背中にしがみつき、尻の間で彼を味わった。今は少し苦しいくらいだが、すぐによくなることはわかっている。

「ああ……、志堂さんが熱い」

雅人が泣きそうに囁くと、志堂はやにわに腰を引いて突き上げてきた。

狭い道を抉じ開けて、ずんっと奥までくる。雅人は自分からさらに脚を寛げ、もっと深く受け入れられるように腰を差しだした。

熱くて逞しいものが、出たり入ったりしている。柔らかい粘膜を擦り上げ、焦らすようにまわされたりもした。

「あっ、あぁっ、いい……っ」

セックスを知り尽くした男のいやらしい腰使いに雅人は翻弄され、身悶えて喘いだ。

先ほど達したばかりの雅人自身も、内側からの刺激を受けて、再び元気になっている。互いの腹の間で擦られる外側からの刺激も加わって、先端からとろとろと先走りが零れてしまう。

志堂が達するまではなんとか堪えたいけれど、こんなに気持ちよくなってしまっては無理かもしれない。

「志堂さん、志堂さん……っ」

雅人は許しを請うように、自分を激しく抱いている男の名を呼んだ。

「雅人」

低く掠れた声が男の口から漏れて、それだけで雅人は達きそうになった。

志堂は腰を突き上げながら、雅人の唇にキスをした。苦しかったが、雅人はそれに応じて、志堂の舌を強く吸った。

さらに強く吸い返されて、息が詰まる。

雅人に肩を押し返された志堂は、まるで淫らな獣になったように、雅人のうなじや首元に唇を擦りつけた。

その激しさが愛しくて、胸が熱く焼けた。

悲しいわけではないのに、自然と涙が滲みでて、眦を伝って落ちる。

気づいた志堂は、それさえも舐め上げた。雅人の身体から流れでるものはすべて自分のものだと言いたげな、野性的な仕草である。

「あっ、あっ、志堂さん……っ、好き……っ！」

「……雅人」

「好き……、本当に……大好き、んぁっ！　やっ、あっ！」

志堂の動きに合わせて、雅人も夢中で腰を振った。出ていくものを締め上げて引き止め、入ってくるものに絡みつかせて揉みこんだ。

志堂が信じられないほど奥まで入ってきた瞬間に、雅人は絶頂に達していた。

「あ、あ……っ」

耳が溶けそうなほど甘い声が唇から零れでてしまう。あられもないとわかっていても、止められない。

絶頂の深さを示すように震えている尻を抱えて、志堂も熱い精液を吐きだした。

自分のなかで性器が脈打っているのがはっきりとわかる。二度、三度と震えてたっぷりと出されているのに、志堂のものは硬いままだった。

外に出さなくても、きっとこのまま次にいける。ほんの少しも離れたくなくて、雅人は自分のなかに長々と横たわっている志堂をきゅっと締めつけた。

志堂は男くさい顔で雅人に微笑み、

「立てなくなったら、俺が面倒みてやる。風呂に入れて、飯も食わせてやるよ。だから、俺の気のすむまで、お前のなかにいさせろ」

と甘く恫喝した。

いつまでだっていてほしい。

返事の代わりに雅人は首をそっと伸ばして、志堂の唇にキスをした。

志堂は身体をつなげたまま、雅人の身体をうつ伏せにした。腰だけを高く掲げられ、男が再び動いて雅人のなかを擦り始める。

一度達した雅人のなかは、柔らかく敏感になっている。志堂が出した精液が滑りをよくして、ほんの数回しか突かれていないのに、雅人はもう達きそうになっていた。

「達っていいぞ。今日は何回でも達かせてやる」

志堂の声が耳を打つ。

雅人は嬌声をシーツに埋めこんで、志堂が与えてくれる淫らな波に揺れつづけた。

達きすぎてカラカラになった身体を、雅人はぐったりと志堂に預けていた。

何度達したかは数えていないし、覚えてもいられなかった。何度目かの交わりのあと、バスルームに連れていかれて身体を洗われたが、それで終わりではなく、バスタブのなかで二度抱かれ、ベッドを替えてさらに抱かれた。

「こんなにつづけてできるなんて、知らなかった……」

雅人が掠れた声で呟くと、志堂は低く笑った。

「俺はもっとできるぜ」

「うそ……」

「試してみるか」

手首を掴まれて、触れさせられた志堂のそれは、本当にまだ元気だった。

雅人は信じられない思いで、ついそれを握ってしまった。何度か擦ってみると、さらに硬くなりそうな気配すらある。

こんなに精力旺盛な人と、これからもちゃんとやっていけるのか心配になったとき、ふとその問題を思いだした。

自分は金で買われたのだから、そのようなことは確認する権利もないと思っていたが、今は違う。確認するべきだし、返答によっては掴んでいるこれを握りつぶしてもいいかもしれない。

「志堂さん」

「うん？」

雅人に性器を握らせたまま、志堂は気持ちよさそうな声で返事した。

「つかぬことをお伺いしますけど、俺のほかに愛人なんかいませんよね？」

「……いたらどうする？　いてっ」

握る手に思わず力が入ってしまった。しかし雅人は緩めるどころか、ますます力を入れて、

「だったら、お暇をいただきます」

とつんけんした声で言った。

「なんだそりゃ。で、いつ帰ってくるんだ？　……痛いって！」

悲鳴をあげながらも、志堂は雅人にそれを離させようとはしなかった。

「全部と別れてからです」

「お前だけにしろってか。焼きもち焼きの猫め。……痛ぇっ！　お前、これが役に立たなくなったら、困るのはお前だぞ」

「ほかの人の役にも立たなくなるから、いいです」

雅人はぎゅっと握ったそれを、ぐりぐりとまわして弄んだ。さっきまで自分を喜ばせてくれたものだが、なんだか憎くなってくる。

「俺をおもちゃにするなって」

急所を掴まれているのに、志堂はどこか余裕のある声でそんなことを言う。どうせ雅人にはたいしたことなどできないと思っているのかもしれない。

いつまで経っても志堂が返事をくれないので、雅人は泣きたい思いでもう一回言った。

「……俺、お暇をいただかないと駄目なんですか」

志堂は大きなため息をつくと、軽々と身体を入れ替えて、雅人をシーツの上に押しつけた。そして、拗ねた顔で唇を尖らせている雅人を真上から見下ろし、

「出ていかなくていい。お前を連れてきてからお前しか抱いてないってことくらい、わかるだろうが」

となだめるように囁いた。

「……！」

堪えようと思っても、笑みが零れてしまう。

「わかってもらえたところで、もう一回。な」

「えっ！」

もう無理だと身体を強張らせた雅人の腰に、志堂はすっかり勃ち上がった彼自身を擦りつけて言った。

「男をみだりに弄ぶとどんな目に遭うか、いい勉強になっただろう？」

「でも、俺はもう駄目です……っ、志堂さんっ」

「駄目かどうか試してみようぜ」

「無理ですってば！」

「お前が可愛い焼きもち焼いて、気持ちのいい手で弄り倒したから、こんなことになったんだろうが。責任取れ」

「……っ！」

力の抜けた脚を割られ、尻の間に硬いものが押し当てられた瞬間、雅人の身体は熱くなった。

「なんだ、お前もまだまだいけそうじゃないか」

嬉しそうな声を聞きながら、雅人は志堂の首にしがみついた。彼の底なしの欲望を受け止めるのが自分しかいないのなら、仕方がない。

「志堂さん。これからもずっと、俺だけにして。そしたら、志堂さんの好きにしていい」

「お前以外は欲しくねぇよ」

その言葉に雅人は心から微笑み、無防備に身体を開いて志堂を受け入れた。

END

■あとがき■

こんにちは、高尾理一です。この本を手にとってくださって、ありがとうございました。

今回はやくざものに初挑戦してみました。やくざものを読むのは大好きなのですが、いざ自分が書く段になって、調べれば調べるほど極道の世界は奥が深い！　いつも書いているサラリーマンとか自営業（笑）とかに比べると、格段に筆の進みが遅くて苦労したものの、そのぶん、書き上げたときは達成感があってホッとしました。

心残りも少しあって、極道映画などで必ず出てくると言っても過言ではない、ワインディングマシーン（ケースにしまっておくと、時計が自動でクルクルまわってネジが巻き上がる装置）が、志堂の部屋にもあって、「なにこれ、初めて見た！」状態の雅人に興味津々で弄らせてみたかったのに、ページに余裕がなくて書けなかったことです。

金魚を狙う猫のような瞳で、雅人がケースをジーッと見てると、志堂は誤解して「時計が欲しいなら、好きなのを持っていきな」って気前よく言います。「むしろ、欲しいのはケース……」などとは言うに言えず、雅人が黙って首を横に振っていると、志堂はさらに誤解して、「遠慮すんな。お前に似合いそうだから、これやるよ」って、ダイヤモンドつき超高級腕時計をポンとくれるのです。

小市民な雅人はビビって「こんな高そうなの、腕に巻けません！」って慌てて返そうとするんだけど、「なんだと。俺の時計が気に入らねぇってのか、ええ？」とか凄まれちゃって、もう取り返しのつかないことに。好奇心は猫に高級時計をゲットさせるのです。

いや、書いても書かなくても、どっちでもいいシーンなんですけどね……。

今回は、挿絵を櫻井しゅしゅしゅ先生にお願いすることができました。以前からファンだったので、嬉しかったです。キャララフを拝見したときは、感動して震えがきました！　櫻井先生、素敵なイラストをつけてくださって、本当にありがとうございました。

そして、担当さまにも大変大変、お世話になりました。こうして形になったのは、たくさんの的確なアドバイスと、励ましをくださったおかげです。この場を借りてお礼申し上げます。

最後まで読んでくださったみなさま、ありがとうございました。今後もいろんなジャンル（？）に挑戦してみたいと思ってますので、リクエストなどございましたら、編集部までお寄せいただけると嬉しいです。

またどこかでお目にかかれますように。

二〇〇六年七月　　高尾理一

サイトアドレス　http://cecia.s54.xrea.com/　同人誌の情報などはこちらをごらんください。

■この本を読んでのご意見、ご感想をお寄せ下さい。作者やイラストレーターへのお手紙もお待ちしております。

《あて先》
〒171-0021 東京都豊島区西池袋3-25-11 第八志野ビル5F
(株)心交社 ショコラノベルス編集部

CHOCOLAT ショコラノベルス NOVELS

龍と仔猫

2006年9月20日 第1刷

著者……高尾理一
発行人…林 宗宏
発行所…株式会社 心交社
〒171-0021 東京都豊島区西池袋3-25-11
第八志野ビル5F
(編集)03(3980)6337 (営業)03(3959)6169
http://www.shinko-sha.co.jp/
印刷所…図書印刷 株式会社